作ってあげたい小江戸ごはん 2

まんぷくトマトスープと親子の朝ごはん

高橋由太

角川文庫
22181

目次

第一話

節東風《せちごち》——まんぷくトマトスープ

モダン亭太陽軒

大正十一（一九二二）年創業の、小江戸川越《こえどかわごえ》の老舗《しにせ》レストラン。色漆喰《しっくい》の外壁とステンドグラスが有名で、テレビや雑誌でもしばしば取り上げられる。料理は、埼玉県のS級グルメに認定されており、大正ロマンあふれる西洋料理を楽しむことができる。

西武新宿線《せいぶしんじゅくせん》本川越駅より徒歩十六分

「朝ごはんがたくさんありまする！」

たまきが叫んだ。小江戸・川越の氷川《ひかわ》神社の近くにある信樂《しがらき》食堂でのことだ。

朝五時をすぎたばかりである。信樂食堂は一軒家だが、大声を出していい時間帯ではない。信樂大地《だいち》は注意した。

「もう少し近所迷惑だから声を落として」

「あい。声を落として騒ぎまする」

素直であったが、ピントが外れている。

正月も終わり、そろそろ二月になろうかとしていた。暖冬とはいえ、夜も明け切らないこの時間はひんやりとしている。もちろん客は誰もいない。

まだ父の昇吾《しょうご》も起きておらず、食堂には大地とたまきしかいないのに、料理が何皿も並んでいた。たまきが叫んだように、すべて朝ごはんだ。大地が早起きして作ったものだった。

「大地さま、朝ごはん王子になるのでございますね」

たまきが納得したように言ったが、意味が分からない。

「朝ごはん王子って何？」

「朝ごはんを極めるという意味でございます」

分かったようで、やっぱり分からない答えが戻ってきた。信樂食堂に住み込みで働いているたまきの見かけは二十歳、下手をすれば高校生なのに、古風なしゃべり方をする。控え目に言って美人で、可愛い系のアイドル的な容貌《ようぼう》をしている。

もう一つの特徴を付け加えると、かなりのテレビ好きだった。特にグルメ番組は毎日見ている。それに影響されて、妙なことを言うのが癖になっていた。その癖を全開にして続けた。

「わたくしは、朝ごはん女子を目指しまする」

夢見る乙女の顔だった。王子と女子では釣り合わない気もするが、これもテレビの影響なのだろう。

「分かった」

大地は頷《うなず》いた。正直に言えば何も分かっていないが、話を進めたかった。このままでは、料理が冷めてしまう。

「とりあえず味見してみて」

テーブルいっぱいに並んでいる料理は、朝食メニューを始めようと作ったものだ。モーニングサービスをやろうとしていた。

今までは、昼食と晩ごはんの店だった。朝ごはんはやっていなかったが、少しでも売上げを増やそうと朝も店を開けることにしたのだった。

ちなみに、大地が信樂食堂の厨房《ちゅうぼう》に立つようになったのは、去年の十一月のことだ。父が倒れて、代わりに店を切り盛りすることになった。たまきの助けもあって、それなりに客は入るようになったが、黒字とまではいっていない。単価の安い定食屋で儲《もう》けを出すのは難しい。

倒れた父は一時期入院していたが、今は家に帰って来ている。正月明けに詳しい検査を受けたが、とりあえず大丈夫だった。

「お父さま、何ともないようで安心いたしました」

「うん」

大地は頷いた。病気は見つからず、年相応に元気だと言われた。ほっとしたのは事実だが、病院代は高かった。これからのことを考えると、一円でも多く貯めておきたい。そこで考えたのが、モーニングを始めることだった。

「朝ごはん定食でございますね」

食べ物のこととなると、たまきは理解が速い。朝は忙しいので作る暇はないが、しっかり食べたいと思っている人間もいるはずだと考えたのだ。

「わたくしも、しっかり朝ごはんを食べる派でございます」

朝だけではなく、昼も夜も、おやつもしっかり食べる派である。好き嫌いなく、何でもよく食べる。突っ込みたくなったが、ぐっとこらえた。相手にしないと決めたのに、また話が滞り始めている。

「いいから食べてみて」

催促すると、たまきが胸を張った。

「味見はお任せくだされ！　おっしゃってくだされば、いつでも食べまするる！」

「さっきも頼んだんだけど……」

抗議したが、たまきは聞いていない。真剣勝負に臨む侍のような凜《りん》とした顔になり、箸《はし》を手に取って宣言したのだった。

「実食」


大地が作ったのは、炊き立てのごはんとみそ汁《しる》、玉子焼き、鮭という正統派の朝ごはん定食だった。昔ながらの旅館の朝食のようだが、鮭は塩焼きではない。一工夫を加えてあった。

「ホイル焼きでございますな」

その通りである。大地が作ったのはホイル焼きだった。ホイルに包まれたままで中身は見えないが、鮭の焼けたにおいが漂っている。野菜の甘い香りや、バターのにおいも感じるはずだ。

「たまりませぬっ！」

さっきより声は抑えているが、テンションが上がっている。美味《おい》しそうな予感に、震えているのだ。動物のように鼻をひくひくと動かしながら、一皿目のアルミホイルを開いた。

「定番のホイル焼きでございます」

いわゆるベーシックな鮭のホイル焼きである。アルミホイルに鮭を置き、しめじ、えのき、にんじん、ねぎを敷き詰め、バターを置いて封をする。蓋《ふた》をしたフライパンで加熱して完成だ。醤油をかけて食べてもいい。難しい料理ではない。家庭でも簡単に作ることができる。

そのホイル焼きを、たまきは一瞬で食べてしまった。ちゃんと噛《か》んでいるのに、食べるのが速い。

「美味しゅうございました！　塩焼きにするより、鮭さまがふっくら、ほっこりしておりました！」

食い意地が張っているのは伊達《だて》ではなかった。目の付けどころがいい。

「ふっくらしているのは、ホイル焼きにしたからだよ」

大地は教えてやった。わざわざホイル焼きにした理由だ。野菜の水分で蒸し焼きにすると、魚はふっくらと仕上がる。野菜の甘みを吸うので、鮭の旨《うま》みが増すのだ。

たまきの絶賛は続いた。

「最高でございます。こう見えても鮭さまにはうるそうございますが、このホイル焼きは完璧《かんぺき》でございます」

完璧は言いすぎである。どこにでもある家庭料理だ。それに、聞き捨てならない台詞《せりふ》があった。

「鮭に詳しいの？」

「あい。昔、友達が鮭さまを捕る達人でございました」

「その人、漁師？」

「人ではございませぬ」

不穏な返事だ。突っ込んだら負けだと思いながら聞いてしまった。

「もしかして森の仲間？」

たまきは、動物が現れるたびに「森の仲間でございます」と言う。ただ、そう言いながらキジやモズを食べようとした前科もあった。

「さようでございまする。金太郎《きんたろう》さまと相撲を取ったこともございました」

「それって、熊のことだよね？」

「あい。べあーさまでございます」

なぜか英語で答えた。

「熊と友達って……」

「あい。鮭を分けてもらったこともございます」

たまきは真顔だった。大地は、娘の冗談のノリについていけない。ジェネレーションギャップだろうかとも思ったが、そんなレベルではないような気もする。やっぱり無視しよう。

「他のも食べてみてよ」

何事もなかったかのように続けた。鮭のホイル焼きは一つではない。たまきが食べ終えたものの他に、四種類のホイル焼きを作ってあった。

みそ風味のちゃんちゃん焼き風。

とろけるチーズをのせた洋風アレンジ。

にんにくとキャベツを加えたスタミナ焼き風。

口当たりのいいみそマヨネーズ風味。

奇を衒《てら》わず、万人受けする味を心掛けた。朝食には重いものもあるが、胸焼けしないように野菜をたくさん入れてある。

「実食！　実食！　実食！　実食！」

上機嫌で同じ言葉を四度も繰り返し、四皿のホイル焼きを次々と食べていく。朝も早くから食欲旺盛《おうせい》だった。

「大地さま、美味しゅうございます！　どの鮭さまも最高でございます！　大繁盛、間違いなしでございますな！」

「そうだといいけど」

控え目に答えはしたが、それなりに客が来るという自信があった。値段も安くしているし、客の好みを考えて五種類の味を用意したのだから。

しかし、それは間違った自信だった。

✿

朝ごはん定食を始めてから二週間がすぎた。

そろそろ午前九時半になろうとしていたが、信樂食堂に客は一人もいない。閑古鳥が鳴いていた。

朝ごはんを食べに来た客が帰ってしまって閑散としているわけではない。開店したときから、客は一人もいなかった。売上げは0円だ。

「……まじかよ」

大地は頭を抱えた。他の店のことは分からないが、信樂食堂の朝食のピークの時間は午前七時から八時までだ。つまり、一番混雑する時間にも客は来なかった。

最初の三日間はよかった。常連客も来てくれたし、川越に観光で来ている人間まで足を運んでくれた。繁盛していた。しっかり朝ごはんを食べたいという需要は、確かにあったのだ。

だが、客を摑《つか》めなかった。最初の調子で上手《うま》くいくと思ったが、その三日間が売上げのピークだった。一人二人と客が減り、とうとう誰も来なくなった。朝ごはんの客がゼロになったのであった。

「これは夢でございます！」

たまきが、自分の頰をつねっている。痛いらしく涙目になった。ベタなリアクションに突っ込む気力もなく、大地はぼそりと言った。

「夢じゃないよ……」

今になって思えばだが、客が来なくなる兆候があった。客足が鈍り始めた五日目のことだ。常連客の築山《つきやま》がランチを食べに来てくれた。学生時代はヤンキーで、現在はガテン系の仕事に就いている築山は見かけは怖いが、大地の料理を最初に認めてくれた恩人でもある。信樂食堂の料理を気に入ってくれていて、たまきとも仲がいい。店の宣伝をしてくれたこともあった。

「築山さま、お願いがございます」

「ん？　何？」

「もーにんぐも食べに来てくださいませ」

たまきが、営業をかけている。もの怖《お》じしない性格のたまきは、誰にでも宣伝をしてくれる。馴《な》れ馴《な》れしすぎると思うときもあるが、今までのところ功を奏していた。

ちなみに、築山は一度だけ朝ごはんを食べに来てくれた。文句は言わなかったが、リピートもしなかった。

「そうだな……」

築山が困った顔になった。隠し事ができないタイプだった。来るつもりはない、と顔に書いてある。

「嫌なのでございますか？」

たまきがストレートに聞いた。隠し事に気がつくと、指摘せずにはいられないタイプである。

「嫌って言うか……」

最初は躊躇《ためら》っていたが、たまきがじっと見ていると諦《あきら》めた口調で白状した。

「朝は寝てたいから」

それが、築山の返事だった。

なるほど。

声に出して言いそうになった。それくらい納得できる返事だった。大地も勤めていたことがあるので、その気持ちはよく分かる。

店で朝ごはんを食べるとなれば、少なくとも三十分は早く出なければならない。朝の三十分は貴重だ。寝ていたいと思う人も多いだろう。大地も、かつてはぎりぎりまで寝ていた。

「旨いことは旨いけど、まあ鮭だしな」

築山はそんなことも言っていた。大地には、返す言葉がなかった。ただ、そのときは重く受け止めていなかった。

✿

朝ごはん定食が一つも出ないまま、午前十時を回ってしまった。そろそろランチの準備に入らなければならない。

「無念でございます」

たまきが肩を落とした。大地も、がっかりした。言葉を発する気力さえない。

そうして二人で落ち込んでいると、父の昇吾が起きてきた。大地とたまきの様子を見て察したらしく聞いてきた。

「なんだ、客が来ないのか？」

「うん」

大地は正直に答えた。信樂食堂は、もともと父が一人で切り盛りしていた店だ。倒れてから仕事は控えているが、今も体調のいいときには厨房《ちゅうぼう》に立っていた。名義も変えておらず、信樂食堂の店長は父だった。売上げも報告しているし、帳簿も見せている。父は朝ごはんの客が減っていることも把握している。

「また、赤字を出しちゃった。ごめん」

「謝ることはない。最初は上手くいってたんだ。一日や二日、客が来ないからと言って焦る必要はなかろう」

慰めるわけでもなく、当たり前のことを言うような口調だった。

「それはそうだけど……」

定食屋は日銭を稼ぐ商売だ。一日だろうと、小さな店で客が来ないのは致命傷になりかねなかった。実際、朝ごはんのために仕入れた食材を無駄にしている。

「昼や夜は客が入っているんだ。慌てず焦らず辛抱強くやってみろ」

父が続けた。すると、その台詞《せりふ》に、たまきが大きく頷《うなず》いた。

「飽きずにやるから『商《あきな》い』なのでございます」

年上が年下を説教するような口調だった。

「落ち込んでいる暇があったら精進でございます」

自分だって落ち込んでいたくせにとは思うが、間違ったことは言っていない。商売は難しく、いきなり上手くいくものではない。朝ごはんの客が入らないだけでやめていたら、何もできなくなってしまう。

「諦めずに続けてみろ」

父の言葉が背中を押した。落ち込んでいた気持ちが前向きになるのを感じた。たまきや父が言うように、落ち込んでいたって何も始まらない。

「うん。もう少し、がんばってみる」

そう答えた。その瞬間のことだった。信樂食堂の戸が開いた。このタイミングで、客が来たのだ。

「お客さまが参りました！」

たまきがうれしそうに言った。大地も声をかけようとした。しかし。

「いらっしゃいま……」

視線を向けながら言った言葉が途中で消えた。入って来たのは男だった。そして、大地は、その男を知っていた。

和服のよく似合う六十歳すぎの男性で、豊かな白髪を綺麗《きれい》に撫《な》でつけている。黙っていても威厳がある。大河ドラマに戦国武将役で出てきそうな容貌《ようぼう》だ。

「こ……近藤《こんどう》さん……」

大地は、男の名前を呟《つぶや》いた。信樂食堂に入ってきたのは、かつて大地が勤めていた洋食屋の店主だった。

大地は数ヶ月前まで、銀座《ぎんざ》にある洋食屋で見習いコックをやっていた。近藤の店だ。そこで一人前の料理人になるつもりでいた。信樂食堂を継ぐつもりはなかった。

だが、ある事件をきっかけに、洋食屋から逃げ出すように辞めていた。その洋食屋の主が、信樂食堂に顔を出したのだった。

「久しぶりだな。元気にしていたか?」

そのころと変わらない声で、大地に話しかけてきた。


「洋食の王さまでございますっ!」

たまきが叫んだ。大地が返事をするより早かった。一瞬、何を言っているのだろうと思ったが、近藤のニックネームだと思い当たった。

グルメ番組で近藤の店が取り上げられたとき、そんなふうに紹介されたのだ。たまきは、それをおぼえていたらしい。彼女にしてみれば、贔屓《ひいき》の役者が現れたようなものである。

「大地さま、王さまでございますっ! 超有名な洋食の王さまが、信樂食堂に参りました！」

悪口ではないが、面と向かって「王さま」はなかろう。

「た、たまきっ！　失礼だろ！」

大地が慌てて注意すると、近藤が笑い出した。

「失礼なものか」

たまきを庇《かば》うように言ったのだった。

「しかし――」

「そう目くじらを立てなくてもいい。若い娘さんに『王さま』と呼ばれるのは悪い気分ではないからな」

たまきが叱られないように冗談にしたのだ。相変わらずだ。近藤は、大地が働いていたころから変わっていない。仕事には厳しいが、他人にやさしい男だった。

一方、庇ってもらったたまきは、何も分かっていない。眉間《みけん》にしわを寄せて、大地に聞いてきた。

「『王さま』が失礼だとすると、やはり、『黄門《こうもん》さま』とお呼びしたほうがいいのでしょうか？」

黄門は、王より上だったのか。大地には、さっぱり分からない。いずれにしても失礼な気がするが……。そんなことを考えていると、父が深々と頭を下げた。

「大地の父親の信樂昇吾です。その節は、うちの息子が大変ご迷惑をおかけいたしました」

大地が逃げ出すように近藤の店を辞めたことを、詫《わ》びているのだ。

「あなたがお父さまですか……。近藤弘正《ひろまさ》と申します。突然、押しかけて申し訳ありません」

きちんと頭を下げた。洋食界の重鎮でありながら、偉ぶるところがなく腰が低いのも昔からだ。

「あの……。今日は何か？」

大地は近藤に聞いた。おずおずとした声になった。近藤が何のために現れたのか分からなかったからだ。

「大地さま、愚問でございます」

たまきがしゃしゃり出てきた。

「愚問って……」

「聞くまでもございませぬ。食堂にいらっしゃる理由は一つだけでございます」

「ほう」

近藤が興味を持った顔で相槌《あいづち》を打ち、たまきに聞き返した。

「何をしに来たと思うのかね？」

明らかに面白がっている。たまきは、物怖《ものお》じすることなく胸を張って答えた。

「朝ごはんを食べにいらっしゃったのでございましょう」

「た、たまきっ！」

わざわざ銀座から朝食を食べにくるはずがない。慌てる大地を気にもせず、近藤は応じた。

「五十点。半分だけ正解だな」

「半分でございますか？」たまきは不満そうだ。

「うむ。もう一歩というところだ。考えてみるかね」

「あい」

相変わらず返事はいい。残り半分の正解を見つけようと、真面目な顔で考え込んだのだった。十秒くらいそうしてから、ポンと手を叩《たた》いた。

「お昼ごはんも食べるのでございますね」

そういう意味の半分ではあるまい。近藤が大笑いした。

「正解のようでございますな」

たまきが得意げに言ったが、近藤は首を横に振った。

「大地に用があって来たんだ」

「自分にですか？」

近藤が訪ねてくる理由はそれしかないだろうが、肝心の用事の中身が分からなかった。退職の手続きに不備があったとしても、店主自らが足を運ぶ必要はない。電話かメールで済む話だ。

「今日、ここに来たのは他でもない」

近藤が用件を切り出した。

「店に戻って来てもらおうと思ってな。もう一度、『洋食屋近藤』で働かないか？」

洋食の王さまが、大地を呼び戻しに来たのであった。

――洋食屋近藤。

どこにでもありそうな店名だが、洋食の世界では名が通っている。上野《うえの》の老舗《しにせ》洋食屋でみっちりと修業した近藤が、銀座の大通りに開いた店だった。テレビや雑誌に取り上げられることも多く、日本一の洋食屋と紹介されることもあった。

大地にとって憧《あこが》れの店で、近藤は憧れの料理人であった。近藤は、料理の腕がいいだけでなく苦労人で情に厚い。

調理学校を出て採用試験に合格したときは、飛び上がってよろこんだ。近藤の店で働けるのがうれしかったのだ。

「また、うちの店で働かないか？」

「え……」

息が止まるほど驚いた。飲食店は、人の出入りの激しい業種だ。辞めて行く人間は、山のようにいる。

洋食屋近藤も例外ではなく、大地が勤めている間にも、何人もの従業員が辞めて行った。退職者を雇い直したという話は聞いたことがなかった。ましてや近藤自ら訪ねるなんて。

「どうしてですか？　どうして、自分を呼び戻すんですか？」

思わず聞くと、近藤が即答した。

「腕を見込んだからだ」

その返事も意外だった。尊敬する料理人に褒められたのだから、よろこぶべきかもしれないが、納得できなかった。

「たいしたものは作っていません」

謙遜《けんそん》ではなく、事実だった。ほとんどの期間、追い回しと呼ばれる下働きだったのだから、野菜の皮剝《かわむ》きや皿洗いしかしていない。

料理を作ったことはあるが、まだ先輩に味を見てもらう段階だった。その料理にしても、先輩の言いつけ通りに作っただけだ。

「分かる人には、分かるのでございます」

たまきはしたり顔だが、やっぱり腑《ふ》に落ちない。大地が首を傾げていると、父が横から言った。

「立ち話はこれくらいにして、家に上がってもらったらどうだ？」

店先に立たせたままにしたのは失礼だった。お茶の一つも出していない。

「どうぞ、こちらへ――」

とりあえず客間に通そうとしたが、近藤が首を横に振った。

「ここでいい」

「え？　ここは店ですが……」

「分かっておる」

近藤が小さく笑みを浮かべた。いたずらを思いついた子どものような顔になった。

「さっき半分正解だと言ったのを忘れたのか？」

大地は、たまきの台詞《せりふ》を思い出した。近藤に向かって、こう言った。

――朝ごはんを食べにいらっしゃったのでございましょう。

まさか……。

信じられない話だが、そのまさかだった。近藤が席に座り、大地に注文をした。

「朝ごはん定食をもらえるかね」

大地は厨房《ちゅうぼう》に入り、準備を始めた。特別な料理を作るつもりはなかったが、手が震えそうなくらい緊張していた。

近藤が、自分を連れ戻しにきた。

また、うちの店で働かないか？

そんなふうに言ってくれた。その事実は、やっぱりうれしかった。洋食屋近藤に戻ることを考えた。

個人経営の店と違って、ちゃんと会社になっていて福利厚生もしっかりしているし、給料も悪くない。このまま信樂食堂をやっているより安定はするだろう。

「給料か……」

小声で呟《つぶや》いた。自営業をやると、給料のありがたみがよく分かる。毎月決まった額をもらえることも魅力だし、税金や仕入れのやりくりに悩むことも減る。

洋食屋に戻ろうかな――そう思わなかったと言えば嘘になる。近藤の申し出は魅力的だった。

だが、大地が洋食屋近藤に戻ったら、信樂食堂はどうなる？

父が倒れてから、大地が厨房に立っているのだ。父の体力では、一人で食堂を切り盛りできない。大地がいなくなれば、続けることができなくなってしまうのではないだろうか？

りたかった。

「閉店なんて駄目だ」

この店には、母の思い出が詰まっている。死んでしまった母の愛した信樂食堂を守りたかった。

もやもやと悩みながら、鮭のホイル焼きを作り上げ、白飯、みそ汁《しる》、玉子焼きを用意した。いつも通りの味が出せた。これなら近藤も満足してくれるだろう。

でき上がった朝ごはん定食を持って食堂に行くと、近藤がほうじ茶を飲んでいた。たまきが淹《い》れたのだろう。だが、相変わらず他に客はなかった。たまきと父が、話し相手をしていた。

「大地さまが戻って参りました」

たまきが気づき、父と近藤がこっちを見た。二人とも、やさしい目をしていた。我が子を見る目だ。大地は、近藤にも息子がいることを思い出した。

「お待たせしました。ちゃんちゃん焼き風の鮭のホイル焼き定食です」

テーブルに並べると、近藤が「ほう」と言った。感心したのか、ただの相槌《あいづち》なのかは分からない。ちゃんちゃん焼き風を選んだのは、近藤の年齢を考えてのことだ。チーズやにんにくは胃に重いだろうと思ったのだ。

「では、いただこう」

近藤は文句も感想も言わず、軽く手を合わせてから箸《はし》を持った。

大地はその場に立っていた。普通は料理を運んだ後はテーブルから離れるのだが、さすがに気になった。たまきと父も、近藤の反応を見ている。客がいないこともあって空気が重かった。

近藤はそんな視線や雰囲気を気にする様子もなく、アルミホイルを開いた。

「みそとバター、鮭、それにキャベツか。いい香りだ」

近藤が独り言のように言いながら、鮭を箸でつまんで口に運んだ。味わうようにゆっくりと咀嚼《そしゃく》し、そして呟いた。

「味もいい。余計な調味料を加えていないから、キャベツの甘さと鮭の旨《うま》みを味わえる。みそとバターも、いい塩梅《あんばい》だ」

やった！

叫び出しそうになった。あの近藤が大地の料理を褒めているのだ。近藤に認めてもらえたと思った。そのことがうれしかった。

だが、よろこぶのは早かった。

ありがとうございます――大地がそう言う前に、近藤が箸を置いた。

「悪くないが、まあ、それだけだな」

独り言のように呟いた。大地の顔から血の気が引いた。強烈な一言だった。天国から地獄に突き落とされた気持ちになった。

言葉をなくした大地の代わりに、たまきが近藤に問いかけた。

「もう召し上がらないのでございますか？」

「一口で十分だ」

取り付く島もない返事だ。きっぱりと食べることを拒んだ。大地は逃げ出したくなったが、たまきは逃げない。近藤をまっすぐに見て質問を続ける。

「美味《おい》しくないということでございますか？」

「いや、味はよかった」

「それでしたら――」

「いや、これ以上、食べる価値はない」

その言葉は、大地をさらに叩《たた》きのめした。立っていられるのが不思議なほどのショックを受けた。

「何が駄目なのでございましょう？」

「客に聞くことではあるまい」

もう、たまきの言葉を面白がっていない。厳しい顔になっていた。その顔のまま、大地をじろりと睨《にら》むように見た。

「店に戻って来てくれと言ったが、その話は忘れてもらおう。おまえを過大評価していたようだ」

「それは、あんまりでございます」

たまきが抗議してくれたが、近藤は前言を翻さなかった。

「客が入っていないのが、大地の料理が駄目だという証拠だ」

はっきり、駄目だと言われた。大地は近くの椅子に座り込んでしまった。

大地はノックアウトされたが、たまきはまだ負けていなかった。

「お客さまがいないのは、たまたまでございます」

「ほう。たまたま」

近藤が柄にもなく意地悪な口調で応じた。

「すると、別の日に来れば、客であふれているのかね」

「あい」

即答であった。嘘ではなく、たまきのことだからそう信じているのだろう。その台詞を聞いて、近藤が言った。

「では、また来させてもらおう。そうだな。一週間後の同じ時間に顔を出す。それでいいかね？」

「あい。お待ちしておりまする」

たまきが、話を決めてしまった。

「あんな約束をしちゃ駄目じゃないか」

近藤が帰った後で、大地はたまきに言った。毎度のことながら安請け合いしすぎる。料理を作るこっちの身にもなって欲しい。叱るように言い聞かせていると、ずっと黙っていた父が口を挟んできた。

「なぜ、駄目なんだ？」

「なぜって――」

「繁盛させればいいだけの話じゃないか」

「それは、そうなんだけど……」

「だったら、文句を言ってないで料理の工夫をしたらどうだ？」

正論だが、父にしては珍しく煽《あお》るような言い方をする。違和感があったが、それについて考える暇もなく、たまきが言った。

「そうでございます、大地さま。王さまをぎゃふんと言わせてくださいませ。勝負でございまする」

「勝負って、そういう問題じゃなくて――」

たまきを注意しようとすると、父が再び口を挟んだ。

「洋食屋近藤に戻るための試験だな」

「え？　試験？」

「そうだ。そうでなければ、あの忙しい人が何度も来るはずがない」

そこまで大地に執着しているとは思えないが、また来るというのだから、その可能性は十分にあるだろう。

「せっかくのチャンスだ。がんばってみろ」

「わたくしも応援しております」

父とたまきが背中を押してくれたが、素直には頷《うなず》けない。近藤の店に戻るということは、信樂食堂からいなくなるということだ。

「この店、どうするんだよ？」

「どうするって続けるさ」

父は、こともなげに答えた。

「続けるって、一人でやるつもり？　また倒れちゃうよ」

料理は重労働だ。医者にも、ほどほどにするように注意されている。一人で切り盛りするのは無理だ。

父にそう言おうとした瞬間、たまきが胸を叩いた。

「一人ではございませぬ。わたくしが働きまする」

「そっか……。たまきがいたんだ……」

前に倒れたときとは状況が違った。大地がいなくなっても、父は一人ではなかった。天然すぎるところはあるが、たまきは江戸料理の達人だ。杉板焼きや麩《ふ》の焼きを作って、絶賛されたこともある。父も体力こそ不安があるが、料理の腕前は大地より上だ。

任せても大丈夫なのかもしれない——そんな大地の気持ちが伝わったのか、父が諭すように言った。

「人生百年の時代だ。隠居するのは早かろう」

「あい。生涯、現役でございます」

たまきが相槌《あいづち》を打った。確かに言う通りなのかもしれない。父から仕事を取り上げて、しょんぼりとさせてしまったことがあった。任せたほうが元気になる気もする。

「じゃあ、とりあえず何日間かお願いできるかなあ?」

「もちろんでございまする」

こうして、しばらくの間、たまきと父に信樂食堂を任せることにした。その時間を使って、大地は新メニューを考えるつもりだった。

「店のことは心配せずに、精いっぱいやってみろ」

父は、いつになく熱心だった。働けることがうれしいのかもしれない。

尊敬する料理人である近藤を失望させたままでいたくなかった。また、信樂食堂の客足が落ちている以上、新しい工夫は必要だ。客を引き寄せる料理を考えなければならない。

「お料理ができましたら、いつでも味見いたします」

たまきが言った。早くも、新メニューを心待ちにしているのだ。

✿

翌日、大地は川越の町に出た。小江戸川越は、江戸時代に川越藩の城下町として栄えた都市である。現在では観光名所として、国内だけでなく海外からの人気も高い。日本で屈指の観光地だろう。

その川越に、『川越スカラ座』という映画館がある。現在営業中の映画館としては、埼玉県最古と言われている。蔵造りの通りから一本入ったところに、ひっそりと佇《たたず》む趣きのある映画館だ。平成十九年にいったん閉館するも、その三ヶ月後に再オープンを果たしている。全国から映画好きが集まって来る場所でもある。

ある意味、川越の象徴とも言える映画館だが、大地が向かった先はスカラ座ではなかった。映画館のすぐ近く、同じ元町《もとまち》にある『モダン亭太陽軒』だ。

大正時代から続く老舗《しにせ》の洋食屋で、昭和四年に建てられたとされる木造漆喰《しっくい》塗りの二階建ての洋館である。改築や修繕をしているようだが、外観はほとんど当時の形態を保っているという。

「大正ロマンってやつだな」

大地は、建物を見て呟《つぶや》いた。他界した母が『はいからさんが通る』のファンだったことを思い出していた。

ステンドグラスや建物内外の放物線のアーチなど、職人のこだわりを感じさせる建造物にはファンも多く、平成十六年に国登録有形文化財に指定されている。洋食屋でありながら、観光名所でもあった。

川越に行ったことがなくとも、映画『海月姫《くらげひめ》』やNHKドラマ『昭和元禄《げんろく》落語心中』でも登場しているので、見たことのある人も多いだろう。川越に行くことができなくともネットで検索すれば、美しい建物を見ることができる。

そして、魅力的なのは建物だけではない。料理も一級品で、埼玉S級グルメに認定されている。川越で最も繁盛しているレストランの一つと言える。

大地の目的は、もちろん料理だ。朝ごはんメニューのヒントを得ようと、ここまで来たのだ。地元の名店でもあるので、もちろん訪れたことはあるが、改めて勉強しようと予約を入れた。

「こんにちは。予約した信樂ですが」

そう名乗ると、居心地のいい店内に通された。テーブルも椅子も古風で、大正時代にタイムスリップした気分を味わえる。『はいからさんが通る』の世界に入り込んでしまった気分だ。

メニューを見ると、真っ先に洋食セットが目に飛び込んできた。エビフライ、カツレツ、ホワイトシチュー、トマト風味のポトフ、アイスクリンを一度に楽しめる人気メニューだ。

惹《ひ》かれはしたが、盛りだくさんすぎて信樂食堂のメニューの参考にはならない。定食屋でも需要はあるだろうが、いろいろな料理を一度に作る余裕はなかった。注文する料理は決めてあった。

「超特大エビフライセットをお願いします」

エビフライは信樂食堂でも人気メニューだ。特大ではないが、毎日のように揚げている。洋食と言えば、エビフライを思い浮かべる者も多いだろう。

「お待たせいたしました」

料理が運ばれてきて、テーブルに静かに置かれた。大地は思わず呟いた。

「すごいな……」

特大のエビが、こんがりと揚げられて皿に載っていた。

「たまきが見たら、大騒ぎするだろうなあ」

その当人は、信樂食堂で働いている。そのうち連れて来てやろうと、大地は思った。箸《はし》が出てくるので、フォークとナイフが苦手でも気楽に料理を楽しむことができる。

欧米の料理を日本人向きに整えたものを、「洋食」と呼ぶ。箸で食べることは、その趣旨に副《そ》うものだろう。信樂食堂でも、揚げ物は箸で食べる。

「いただきます」

箸を手に取って、エビフライをつまんだ。ずっしりと重かった。揚げ立ての香ばしいにおいが、食欲をそそった。

写真を撮るかメモを取るかしようと思って来たのに、そんな余裕はなかった。旨《うま》そうな食べ物の前では、何もできない。ごくりと唾《つば》を飲み、エビフライにかぶりついた。

「熱っ」

火傷《やけど》するほどではないが、エビフライは熱かった。はふはふと口の中で冷ましながら、さくさくに揚げられた衣を噛《か》んだ。

すると、エビの旨みがエキスと一緒にあふれ出てきた。エビの身は新鮮で、ぷりぷりと快い歯ごたえがあった。香ばしく揚げられたパン粉が、エビの旨みとエキスを包み込んでいた。特大サイズの料理は大味になることも多いが、このエビフライはバランスがよかった。

もう一口、もう一口と箸が止まらず、全部食べそうになったとき、エビフライに添えられている白いソースに気づいた。

「タルタルソースだ」

マヨネーズにパセリや玉ねぎ、ピクルス、ゆでたまごなどの微塵《みじん》切りを加えて作ったソースのことだ。旨い店は、タルタルソースにも工夫をこらしてある。一店一店、配合が違い、その店ならではの個性があった。

「この店のタルタルソースなんて美味《おい》しいに決まってるよな」

まずはエビフライに付けずに、箸で味を見た。甘みと酸味が口いっぱいに広がった。

「やっぱり旨いや」

ほっとするような美味しさだった。くつろげる味だった。もう一口、すくって食べようかとも思ったが、せっかくなのでエビフライに付けて口に運んだ。

「嘘っ⁉」

大声を出しそうになった。予想を超えて美味しかったのだ。エビフライと一緒に食べることで、タルタルソースの甘みと酸味が油やエビと混じり合い、極上の味になった。唯一無二の絶品に変わった。

「すげえ旨い……」

だが、考えてみれば当然だ。タルタルソースは、それだけで食べるものではない。エビフライを最高に美味しく食べられるように作られているのだ。

「味の組み合わせか……」

料理は組み合わせだ。そう思った瞬間、大地の脳裏にひらめくものがあった。

✿

その翌朝のことだ。顔を洗っていると、たまきに呼ばれた。

「大地さま、味を見ていただけませぬでしょうか」

朝の営業は、たまきと父に任せることになっていた。もちろん手伝うつもりでいたので、呼ばれなくとも顔を出そうと思っていた。

「へえ。何を作ったの？」

食堂に行き、たまきに質問をした。

「お江戸の朝ごはんでございます」

「江戸料理？」

「あい」

そう言われては見逃せない。どこでおぼえたのか、たまきは江戸時代のことをよく知っていた。

「お江戸の庶民の朝ごはんでございます」

「そんなの、よく知ってるね」

「長屋で暮らしておりましたから、当然でございまする」

「長屋って——」

今でもそう呼ばれる建造物はあるが、ニュアンス的に江戸時代の長屋のことを言っているように聞こえた。

「いったい何歳なんだよ」

軽い気持ちで突っ込むと、たまきがぎくりとした顔をした。相変わらず、よく分からない娘だった。

そんな話をしていると、厨房《ちゅうぼう》から父が出て来た。

「しゃべってないで食べてみろ」

飯を炊いていたらしく、厨房から旨そうなにおいがする。たまきが、鼻をひくひくさせた。父は飯炊きの達人だ。羽釜《はがま》を使って、誰よりも旨い飯を炊く。その父が、たまきとタッグを組んだのだ。否《いや》が応でも期待してしまう。

「今、飯を持って行く。座っていろ」

父に言われた。ぶっきらぼうだが、自信があるときのしゃべり方だった。

「うん」

素直に頷《うなず》いて席に座った。自分の店なのに、客になったような気分だった。

「わたくしが運びまする」

たまきが厨房に行き、すぐに戻って来た。やけに速かったが、たまきは自信たっぷりの顔をしている。

「たまきとお父さま特製の『お江戸の朝ごはん定食』でございます」

そして、料理をテーブルに置いた。それを見て、大地は思わず言った。

「え……？　これだけ？」

肩すかしを食らった気分になったのだ。そこにあったのは、ご飯とみそ汁、それに生たまごの黄身を載せた小鉢だけだった。

「大地さま、そのりあくしょんは失礼でございましょう」

たどたどしくカタカナ言葉を使って、たまきが大地に抗議した。

「お江戸と言えば、『おみおつけ』でございます」

みそ汁の丁寧語だが、最近では、あまり使われなくなった言葉だ。久しぶりに聞いた気がする。

「それくらい知ってるけど」

だから何だという気持ちを込めて応《こた》えると、たまきが挑戦するように聞いてきた。

「大地さま、おみおつけを漢字で書けますか？」

「え？　漢字があるの？」

初耳だった。そもそも、おみおつけと書く機会がない。

「当然でございます」

たまきが店のメモ帳にその文字を書いた。

御味御汁

すごい字だ。なんと「御」が二つも並んでいる。

「嘘だろ？」

「いや、本当だ」

父が横から返事をした。「御御御汁」と書くとする説まであるという。

「それだけ、みそ汁が尊《とうと》ばれていたということだ」

「あい。天下泰平の世が来るまで、大豆さまは貴重品でございました」

たまきが注釈を加えた。戦国時代までは、大豆は軍馬の飼料に優先的に使われており、庶民のもとまで回らなかったという説があるらしい。

「戦いがなくなって、初めて食べられるようになったのでございます。家康《いえやす》公のおかげでございましょう。たぬき顔に悪人はおりませぬ」

どこまで本当か分からないし、最後の一言はどうかとも思うが、大地は感心してみせた。

「へえ。相変わらず、もの知りだな」

「何でも知っております」

たまきの辞書に「謙遜《けんそん》」という言葉はなかった。もの知りは結構だが、たまきと父の作った朝ごはん定食を認めることはできない。店に出すことは反対だった。

「でも、みそ汁だけって言うのは寂しいんじゃないか」

このメニューで客が入るとは思えなかった。しかし、たまきの自信は萎《しぼ》むことがない。娘には、秘策があった。

「おみそ汁だけではございませぬ。小鉢に入っているものをご覧ください」

テーブルの上を指差した。

「たまごの黄身？」

「あい。醬油《しょうゆ》味でございます。ごはんにかけて、お召し上がりください」

つまり、たまごかけごはんだ。たまきの大好物であった。会ったばかりのころ、たまごかけごはんを何杯もおかわりしたことがある。今でも、朝食前に食べていた。

「天上天下唯我独尊のたまごかけごはんでございます」

言っていることはよく分からないが、すごい自信だ。料理に釈迦《しゃか》の言葉が出てくるとは思わなかった。どんな意味なのか聞き返そうとすると、父が焦《じ》れたように口を挟んだ。

「いいから食べてみろ」

「うん……」

大地は箸《はし》を取った。ただのたまごかけごはんにしか見えないが、起きたばかりで空腹でもあった。

「ご相伴いたします」

たまきが言った。当たり前のように一緒に食べるつもりでいるようだ。まあ、いつものことである。作るより食べるほうが好きなのだ。

早くも、たぬきの絵柄のマイ丼《どんぶり》を持っていた。それから大張り切りで、いつもの台詞《せりふ》を言った。

「実食」

たまきはともかく、父までもが自信たっぷりなのが解せなかった。たまごかけごはんでは、新メニューにならないだろう。

「美味《おい》しゅうございますっ！　さすがは、たまごさまでございますっ！」

たまきが騒ぎながら、たまごかけごはんを食べていく。子どものような顔をして、大飯食らいだった。丼で二杯、三杯は当たり前のように食べるのだ。

食べっぷりのよさに思わず見とれていると、父が言ってきた。

「飯が冷めるぞ」

その台詞に、たまきが反応した。

「たまごかけは、熱々のごはんで食べるものでございます」

「そうだな」

素直に頷き、黄身をごはんに載せた。箸で突《つつ》くと、醬油の混じった黄身がとろりと白飯に染み込み始めた。シンプルこの上ない料理だが、やっぱり食欲をそそる。

「いただきます」

醬油と黄身の染み込んだごはんを口に入れた。

「……何これ、旨《うま》い」

たまごかけごはんであることは間違いないが、今までに食べたどのたまごかけごはんより美味しかった。炊き立てのごはんも美味しいが、何より、たまごの黄身の味が違いすぎる。

「この黄身の濃厚さは？」

秘密を聞こうとたまきを見たが、看板娘は大地を見ていなかった。

「たまごかけごはん、星三つでございますっ！」

そんなことを言いながら食べるのに忙しい。すでに丼は空だった。

「たまきちゃん、もう一膳《ぜん》食べるかい」

「あい。たまご増し増しでお願いいたしまする」

おそらくだが、黄身を二つかけてくれという意味だろう。テレビのグルメ番組を見るたび、たまきの語彙《ごい》は増える。いずれにせよ食べ物に夢中で、大地の質問は聞こえていない。

「この味はいったい……」

そう呟《つぶや》くと、父が言ってきた。

「おまえも料理人なら、自分の舌で当ててみろ。他人に聞く前に味わえ。ちゃんと味わえば分かるはずだ」

突き放すような言い方だが、意地悪やもったいぶっての言葉ではあるまい。大地なら分かるはずだと思っているのだ。

そして、それは正論だ。味は教えてもらうものではない。自分の舌で盗むものだ。

「分かった」

大地は頷《うなず》き、テーブルの茶碗《ちゃわん》を改めて見た。ごはんの熱で、生たまごが半熟に近い状態になっている。醤油と混じり合い、いかにも美味しそうだ。初めから醤油がかけてあることは分かったが、他にも工夫があるはずだ。

その秘密を暴くためには、父の言うように自分の舌で食べてみるのが一番だろう。ちゃんと味わえば分かるはずだ。

固まりかけた黄身がたっぷりとかかったごはんを箸ですくい、こぼさないように口に運んだ。

旨い！

叫び出したくなるような美味しさだ。普段食べている黄身より濃厚で、醤油とみりんで味付けされている。みりんが旨さの秘密なのかと思ったが、醤油やみりんをただかけただけで、このコクは出ないだろう。すると、考えられる答えは一つしかない。

大地は、それをたまきにぶつけた。

「たまごの黄身を漬けたのか？」

「あい。醤油とみりんで漬けました」

たまきは頷き、三杯目のおかわりをした。

「たまごかけごはんは、大正義でございます！　美味しいのほーむらん王でございますな！」

たまきが三杯目の丼を食べ終えた後、父がようやく解説を始めた。

「漬け物と同じような理屈だ。たまごの黄身を醤油とみりんに漬けると、余計な水分が抜けて濃厚な味になるんだ」

「あい。醤油の香りとみりんの甘みも加わりまする」

たまきが、付け加えた。どこにでもある調味料で、この味を出したのだ。

「何日くらい漬けたの？」

「今日のは一日だ。二晩漬けるとさらに濃厚になるが、おれは一晩漬けたくらいが好きでな」

この父の台詞は、大切なことだ。自分が旨いと思わなければ、いい料理は作れない。どんな商売でも言えることだが、最初の客は自分だ。一番大切な客でもある。そう心に刻んでいると、たまきが言った。

「他に、みそ漬けもありまする」

「それって琥珀《こはく》たまごのこと？」

大地も知っている有名な料理だ。江戸時代から存在していると言われている。みそに漬けることで黄身が凝固し、琥珀のようになるところから、『琥珀たまご』の名前が付いた。江戸時代の料理本には、塩漬けにして凝固させるとあった。

なるほど、みそか。

朝ごはんのメニューが固まりかけていた。

「一つ、もらえる?」

大地は、ねだった。一度だけ食べたことがあったが、みその風味がたまごの黄身をさらに濃厚にする。酒の肴《さかな》にもぴったりだと評判の料理だ。

「さっき仕込んだばかりだ。食べごろは明日か明後日だな」

父に断られた。

「そっか……」

残念だが、楽しみとも思える。

「これをいくらで売るつもり?」

「三百円以下にしたい」

父がきっぱりと言った。いくら何でも安すぎると思ったが、チェーン店の牛丼の値段より高くしたら売れないだろう。たまごは単価が安く、三百円以下でも赤字にはならない。

「うん。いいと思う。インパクトのある値段を付ければ宣伝にもなるし」

信樂食堂は、家族とたまきだけでやっている小さな店だ。予算もかぎられていて、新メニューを売り出すにしても広告は出せない。

「もちろん、いきなり上手《うま》くいくとは思っておらん。最初は我慢だ。いずれ口コミで広がる。大地、おまえは自分のことをやれ」

「お店のことは心配なさらないでください。万が一、売れ残ったら、責任を持って食べまする」

「食べちゃ駄目だろ」

笑いながら突っ込んだ。大繁盛すると思ったのだ。この味で三百円以下の安価なら絶対に売れる、と。たまきと父に任せておけば大丈夫だ、と。

だが、その考えは間違っていた。商売に絶対はないことを忘れていた。大地は、そのことを思い知ることになる。

✿

店を任せて三日目のことだ。自分の部屋にこもって料理の研究をしていると、たまきの叫び声が聞こえた。

「大地さまっ！　大変でございますっ！」

たまきが大声を出すのはいつものことだが、今までとは声のトーンが違っていた。せっぱ詰まった余裕のない声だった。すぐに食堂に行こうと立ち上がったとき、たまきが再び叫んだ。

「お父さまがっ！　お父さまがっ！」

その台詞《せりふ》を聞いて、血の気が引いた。父の身に何かがあったのだ。

大地は走った。返事をするのももどかしく、店に駆け込んだ。すると、父がへたり込むように椅子に座っていた。

「父さん――」

呼びかけると返事があった。

「大丈夫だ……。心配するな。少しふらついただけだ」

父は言うが、声が掠《かす》れていた。顔色も悪い。大地は即座に決断した。

「たまき、救急車を呼んでくれ」

「あい！」

父が嫌がったので、救急車ではなくタクシーを呼んだ。幸いなことに病気ではなかった。

「疲れがたまっているようです」

医者に言われた。過労だったようだ。

「張り切りすぎてしまったようですね」

注意する口調も柔らかかった。たいしたことがないというのは本当らしく、その日のうちに家に帰ることができた。

心配する大地とたまきをよそに、食堂に着くなり父は言った。

「少し遅くなったが、店を開けるぞ」

前掛けを締めようとしている。倒れたばかりなのに、厨房《ちゆうぼう》に立つつもりでいるのだ。

冗談じゃない。大地は反対した。

「今日くらい休んでないと駄目だよ！」

「お父さま、無理でございます！」

たまきも止めた。一緒に働いていながら父が倒れたので責任を感じているのだろう。声も表情も必死だった。

しかし、父は聞かない。頑《かたく》なな口調で言い返してきた。

「休んでいる場合じゃない。近藤さんに繁盛しているところを見せるんだろ？　一日だって無駄にできん」

父は、近藤にこだわっていた。どうして、そんなにこだわるのか、このときの大地には分からなかった。考えている余裕もなく、とにかく休ませようと思った。

「父さんが休んでくれるなら、今すぐに店を開ける。でも、休まないなら、今日は店も休みにする」

きっぱりと言った。もちろん本気だ。店も大切だが、父親の身体には代えられない。

「……仕方がない。寝るか」

父が諦《あきら》めたように言った。本気だと伝わったのだ。

「ちゃんと店を開けるんだぞ」

念を押すように言って部屋に行った。意外に素直に引いたところを見ると、やっぱり疲れているのだろう。

「では、用意いたします」

たまきが厨房に行こうとした。たまごかけごはん定食を作るつもりなのだろう。大地はそれを止めた。

「いや、今日の料理、おれが作るよ」

「も……もしや、新しいめにゅーができたのでございますか？」

「任せてくれよ」

大地は、信樂食堂の厨房に向かった。エビフライとタルタルソース、そして、たまきと父の作った、たまごかけごはん。それらをヒントにした料理を作ろうと思ったのだった。

✿

近藤は、川越にやって来た。

朝食時から外れた午前十時すぎに、信樂食堂を訪れる約束を守ったのだ。だが、正直なところ期待していなかった。わずか一週間で閑古鳥の鳴いていた店が繁盛するわけがない。

自分の店を放り出して、わざわざ川越に足を運んだのには理由があった。

「料理人らしい顔になっていたな。まだまだひよっ子だが」

大地の顔を思い浮かべて呟《つぶや》き、近藤は店に入った。

「失礼するよ」

と、声をかけた瞬間、ぎょっとした。席がほとんど埋まっていたのだ。

「どういうことだ？」

満席に近い店内を見て呟いた。信じられない光景だった。呆然《ぼうぜん》としていると、たまきが近藤に気づいた。

「王さま、お待ちしておりました」

そう言って、かろうじて空いていた席に案内してくれた。

「おかけくださいませ」

「ありがとう」

礼を言って椅子に座っても不思議な気持ちは消えない。こんな中途半端な時間に、これだけ客が入っているのは意外だった。老舗《しにせ》と呼ばれる洋食屋近藤でも空《す》いている時間だ。首を傾げていると、たまきが問いかけてきた。

「朝ごはん定食でよろしいでしょうか？」

「ああ。そうだな……。お嬢さんのおすすめを頼む」

そう答えると、たまきがさらに聞いてきた。

「ごはんにいたしますか？　それとも、パンがよろしいでしょうか？」

パンを選べるのか？　近藤の好みの問題かもしれないが、以前、ここで食べた鮭には合わない気がする。

「ごはんにしよう」

「あい。少々、お待ちくださいませ」

たまきが下がって行った。近藤は少し落ち着いて、周囲の様子を見ることができた。

「トマトスープか」

声に出さずに呟いた。おそらく、それがおすすめメニューの正体だ。たまごかけごはんにみそ汁を食べている者もいるが、多くの客がトマトスープを食べていた。

「ありきたりなメニューだ」

悪くはないが、面白味もない。先週の鮭のホイル焼きにしてもそうだ。完成されているメニューは工夫を加えにくく、その店ならではの料理になりにくい。自宅でも、どこでも食べることができる。つまり、客を惹《ひ》き付ける魅力に欠けているのだ。

「だが……」

近藤は眉根《まゆね》を寄せた。面白味のない料理を出しているのに客が入っている。しかも、誰もが満足そうに食べている。

「どういうことだ？」

目を凝らして、他の客が食べているトマトスープを見ようとしたときだ。たまきが戻ってきた。

「お待たせいたしました」

明るい声で近藤に言って、料理をテーブルに置いた。

「がっつり食べたいお客さま向けの信樂食堂特製『まんぷくトマトスープライス』でございます」

「こりゃあ、すごい……」

近藤は呟いてしまった。

炊き立てのごはんを皿に盛り、トマトスープがかけてあった。一見すると、赤いカレーライスのようだ。

小鉢には、生たまごの黄身が添えられている。ごはんの白とトマトスープの赤、それに生たまごの黄色が色鮮やかだ。

今まで、こんなトマトスープを見たことがなかった。テーブルに置かれた料理に圧倒されていると、たまきがまた言った。

「温かいうちに、お召し上がりくださいませ」

温度も味のうちだ。冷めないうちに食べるのは礼儀だろう。だが、その前に言ってやった。

「見かけは満点だが、味はどうかな」

トマトスープはたいていの炭水化物に合うが、ごはんにかけて食べるのは違和感があった。舌に馴染《なじ》むとは思えない。

「パンだけにしたほうがよかったのではないのかね」

「ごはんも美味《おい》しゅうございますよ」

たまきは自信たっぷりだ。しかも周囲の客を見ると、ごはんを食べている者のほうが多かった。みんな、旨《うま》そうに食べている。

その様子は不思議だった。この謎を解くためには、出された料理を食べるのが一番だろう。

「いただきます」

軽く手を合わせて、スプーンを持った。ごはんとトマトスープをすくい、口に近づけたその瞬間、においを感じた。

「みそを入れたのか……」

　みそ汁の香りに紛れて気がつかなかった。ミートソースに八丁みそを加えることは珍しくないが、まさかトマトスープに入れるとは。

「これは面白い」

　食欲が出てきた。近藤は、トマトスープとごはんを舌に載せるように口に運んだ。

「……旨い」

　トマトの酸味とみその風味が混じり合い、ごはんの素朴な甘さを引き立てている。いや、互いに引き立て合っていると言うべきだろうか。絶品と言っていい。

　鶏ひき肉、玉ねぎ、にんじん。

　ありふれた具材がトマトとみそによって、とびきりの味を醸し出している。意外に思えるかもしれないが、トマトとみその相性はいい。これならば、ごはんにも合うし、パンにも合う。

　どこにでもありそうな家庭料理だが、ちゃんとアレンジされている。新しい味でありながら、どこか懐かしい。

「いい料理だ」

　そう呟いたのは、本音だった。自分の店――洋食屋近藤に帰って作ってみたいと思わせる料理だ。

「これを大地が作ったのか？」

近藤は聞いた。聞かずにはいられなかった。洗練されてはいないが、人を惹き付ける魅力がある。この料理を作ったのが大地なら、見方を変える必要があると思った。

「あい。大地さまの仕事でございます」

「たいしたものだ」

近藤が褒めると、たまきがずいと身を乗り出してきた。

「わたくしの仕事も褒めてくださいませ」

まさかの売り込みであった。最初に会ったときにも思ったことだが、この娘は押しが強い。

「君も料理を作るのかね？」

「あい。黄身の料理でございます」

駄洒落《だじゃれ》のように言って、娘が小鉢の生たまごの黄身を指差した。

「わたくしの仕事でございます。ごはんにかけて、トマトスープと一緒にお召し上がりくださいませ」

「ほう」

変わった食べ方だが、やってみようと思った。すでに、たまきのペースに巻き込まれていた。

「ただのたまごではないな」

「みりんと醬油《しょうゆ》に漬けた、たまごさまでございます」

丸一日、漬けたものらしい。黄身が艶《つや》やかに輝いていた。食べごろに思える。

「それは旨そうだ」

近藤は返事をし、たまきに教えられた通りに、黄身をごはんにかけてトマトスープと一緒に口に運んだ。その瞬間、味が口いっぱいに広がった。

「……これは驚いた」

あまりの旨さに驚いたのだった。トマトスープだけでも満足していたが、たまごの黄身をかけると、味がまろやかになった。醬油とみりんの香りのする濃厚な黄身が、飯粒を包んでいる。

「旨い。うむ。素晴らしい味だ」

お世辞ではなく言うと、たまきが真顔で聞き返してきた。

「星三つでございますか？」

「ああ。三つでも四つでもやろう」

「なんと⁉　星四つとは上限を突破してしまいましたっ！　味の限界突破でございまするっ！」

「それくらい価値のある料理ってことだ」

「光栄でございます！」

たまきが深々と頭を下げたときだった。

「た、たまきっ！」

悲鳴にも似た叫び声が聞こえた。大地が厨房《ちゅうぼう》から飛び出してきたのだった。

＊

大地は、ずっと厨房で料理を作っていた。次から次へと注文が入り、てんてこ舞いしていた。そんなふうに忙しすぎて、近藤が来ていることに気づかなかった。朝ごはんを食べにきていた客が落ち着き、ようやく気づいたのだった。

近藤のテーブルを見ると皿は空で、すでに食事を終えている。大地は、たまきに文句を言った。

「どうして教えてくれないんだよ」

「お客さまは平等でございます。他のお客さまと同じように接客いたしました」

たまきが胸を張った。それにしては近藤と話し込んでいたようだが、まあ平等に扱うべきなのは正論だ。

だが、近藤は世話になった上に、尊敬する料理人だ。今日だって、銀座からわざわざ来てもらった。挨拶《あいさつ》もしなかったのは、やっぱり失礼だろう。

「すみません。失礼いたしました」

「謝ることはない。このお嬢さんの言う通り、他の客と同じように扱うのは当然だ」

近藤は言った。心の底からそう思っていると分かる口調だった。特別扱いを望むような男ではなかった。有名になっても職人気質は抜けない。

そんな近藤に向かって、たまきが言った。

「それでは、王さま。改めて、大地さまのまんぷくトマトスープの採点をお願いいたしまする」

グルメ番組の審査員と勘違いしているようだ。

大地は止めようとするが、この短時間で仲良くなったらしく、近藤がたまきの言葉に乗った。

「ああ。星三つだ。旨《うま》かったぞ、大地」

冗談めかしてはいるが、まずい料理を「旨い」と言う男ではない。大地の料理を褒めてくれたのだ。近藤の店にいたときは追い回しで、料理を食べてもらったことさえなかった。

そんな自分が、あの近藤に褒められた。

自分のやって来たことは間違っていなかった。

大地はよろこびを噛《か》み締めた。料理人をやめようと思ったこともあるし、客が入らなくて逃げ出しかけたこともある。今だって赤字に苦しんでいる。それでも、この店で料理を作り続けて来てよかった。

胸を熱くしていると、たまきが大地に言ってきた。

「大地さま、残念でございましたね」

「え？　残念？」

「わたくしのたまごさまは星四つでございました」

「……よかったな」

「あい！」

満面に笑みを浮かべている。たまきは、本気でよろこんでいるようだ。すると、近藤がたまきに言った。

「次は星五つを目指すといい」

「星五つとはっ⁉　限界突破を突破するのでございますね」

「そうだ。料理に限界はない。もう駄目だと思う気持ちが限界を作っているだけだ」

大地は、その近藤の言葉を胸に刻んだ。

やがて近藤が本題を切り出すように聞いてきた。

「洋食屋近藤に戻って来ないか？」

前に言われたときよりも、強い口調だった。社交辞令ではない気持ちを感じた。ありがたいが、返事は決まっていた。

「光栄ですが、自分にはこの店がありますから」

大地は、洋食の王さまに自分の気持ちを伝えた。

「この店が――信樂食堂が好きだからです。この店で料理を作り続けたいと思っています」

照れずに言うことができた。それくらい、両親の愛した店を守りたい。その気持ちが強かった。

「そう言うと思っていたよ」

近藤が答えて席を立った。

「勘定を頼む」

「は……はい」

怒らせてしまったのだろうかと思ったが、そうではなかった。笑みを浮かべて大地に言った。

「また寄らせてもらう」

「いつでもいらっしゃってくださいませっ！」

たまきが声をかけた。いつものことだが、元気にあふれていた。

「ありがとう」

近藤は応じ、それから大地にも言った。

「お父さんによろしくな」

父は部屋にいる。しばらく休ませるつもりでいた。

「はい。伝えます。ありがとうございました」

近藤が店から出て行った。大地はその背中に頭を下げた。他の客に呼ばれるまで、そうしていた。

「行ってしまいました」と、たまきが言った。

「そうだね」

「大地さまのお料理を褒めてくださいました」

それはうれしかった。だが、やっぱり今になっても信樂食堂に来た理由が分からなかった。

やがて朝ごはんの時間が終わり、大地とたまきはランチの仕込みを始めた。

第二話

桜湯《さくらゆ》——ごまねぎポン酢

一番街

昔ながらの風情を残した蔵造りの町並み。最も古い大沢《おおさわ》家住宅は、寛政《かんせい》四（一七九二）年に建てられ、国の重要文化財に指定されている。ドラマのロケ地としても人気が高い。

西武新宿線本川越駅より徒歩十分

おいらは浮かれて
ぽんぽこ　ぽんの　ぽん

信樂食堂の庭のほうから、『証城寺《しょうじょうじ》の狸囃子《たぬきばやし》』を熱唱する声が聞こえる。たまきの歌声だ。

二月が終わり、三月になった。日射しは暖かく、たまきが浮かれている。小鳥や虫たちの鳴き声も聞こえる。道を歩くと、桜並木に蕾《つぼみ》が見えた。

川越に、春がやって来たのだ。

つ　つ　月夜だ
みんな出て　来い来い来い

ときどき、合いの手を入れるように「にゃあ」と鳴いているのは、裏の喫茶店の三毛猫だろう。

黒猫やロシアンブルーらしき猫も見かけるが、最近では、彼らはたまきを無視していた。たまきが歌っても、顔も出さない。

そんな中、このボブテイルの三毛猫だけは、たまきに懐いていた。性格のいい猫なのだろう。

「一番のお友達でございます」

いつだったか、たまきがそんなことを言っていた。

三毛猫が一番の友達でいいのだろうかとも思うが、まあ本人が満足しているのだから、大地が口を挟むことではない。

そのとき、大地は食堂で休憩を取っていた。ランチが終わった後の暇な時間だ。たまきは休憩時間になると歌うくせがある。

父は病院に行っており、夕方からの営業の仕込みも終わっている。珍しく時間を持てあましていた。気分転換に散歩にでも行こうかとも思ったが、何となく出かける気になれずにいた。

「テレビでも見るかな」

リモコンに手を伸ばしたときだ。鋭い声が飛んできた。

「お待ちくだされっ！」

たまきだ。庭先で歌っていたたまきが、大声を上げて駆け込んで来たのであった。

「だ、大地さま！　そればかりは、ご勘弁を！」

必死な声だったが、いきなりそう言われても意味が分からない。

「勘弁って何？」

「てれびさまでございます！　そのりもこんどのをお渡しくださいませ！」

「リモコン？　どうぞ」

言われるがままに渡すと、たまきがほっとした顔になった。

「九死に一生を得た思いでございまする」

とんでもなく大袈裟《おおげさ》なことを言い、テレビをつけたのだった。

「なんだ、見たい番組があったのか」

肩すかしを食らった気分で呟《つぶや》くと、たまきが大きく頷《うなず》いた。

「あい。『からあげ王子のグルメ散歩』の時間でございます」

たまきのお気に入りのテレビ番組の時間であった。おめあては午後のワイドショーの十五分くらいのコーナーだ。そう言えば、毎回のように見ている。

「ああ。櫻坂泰河《さくらざかたいが》が出てるやつか」

芸能人の名前など知らない大地だが、櫻坂泰河は知っていた。子役のころから有名なアイドルで、もう何年もバラエティ番組で活躍している。綺麗《きれい》な歯をしていて、笑うとその歯がキラリと輝く。漫画に出てきそうなイケメンだった。

見ない日がないほどの人気者だが、ここずっとドラマや歌番組には出ていなかった。歳は三十をすぎているはずだ。

「櫻坂泰河のファンだった？」

何気なく聞いた質問に、たまきが怒り出した。

「呼び捨ては失礼でございますぞ、大地さま。からあげ王子とお呼びくだされ」

憤慨した口調で言われた。ちなみに、からあげ王子というのは、番組でついたニックネームだ。からあげ粉メーカーが番組のスポンサーについていることから、毎回のように泰河はからあげを作らされていた。

前半は食べ歩き、後半はスタジオで料理という構成だ。ありがちだが、人気があるらしく視聴率も取っているという。

だが、からあげ王子という渾名《あだな》はどうだろう？

それで人気があるのだから問題ないのかもしれないが、アイドルのニックネームとは思えない。

そんなことを考えていると、庭のほうから、「にゃあ」と猫の鳴き声が聞こえた。たぶん、裏の喫茶店の猫だ。

たまきを呼んでいるような気がしたが、娘はそっちを見もしない。ひたすら、わくわくした顔で『からあげ王子のグルメ散歩』が始まるのを待っている。三毛猫が不憫《ふびん》になり、大地は注意を促した。

「無視していいの？　一番の友達じゃなかったのか？」

「はて？　何のことでございましょう？」

本気で不思議がっている。自分の言った言葉を忘れてしまったようだ。黒猫とロシアンブルーらしき猫が、たまきを相手にしないのは正解だと思った。大地も見習ったほうがいいのかもしれない。

それはともかく、何もせずに待っているのも暇なので、大地はお茶とおやつを出してやった。一番の友達には反応しなかったが、食べ物はスルーしなかった。たまきが聞き返してきた。

「大地さま。これは……？」

「残り物のパンの耳で作ったラスクだよ」

パンの耳を食べやすい大きさに切って、フライパンにバターを溶かし炒《いた》める。カリカリになったところに、砂糖を塗《まぶ》して完成だ。

パンの耳でなくとも、残った食パン全体で作ることができる。今回使ったのは、朝食にサンドイッチを作った残りだ。

「まかないおやつでございますな」

「まあ、そんなところ。食べてごらんよ」

大地がすすめると、食べ物をもらえたのがうれしかったらしく、たまきが感慨にふけった顔で言った。

「てれびを見ながら手作りのおやつをいただけるとは、たぬき冥利《みょうり》に尽きまする」

「ん？　たぬき？」

「た、たまき冥利でございますっ！」

もの凄《すご》く慌てている。何をそんなに慌てているのか聞こうと思ったが、それより早くたまきがパンの耳のラスクを手に持った。

「まだ温こうございます」

うれしそうな口調で教えてくれた。でき立てではないが、ぬくもりくらいは残っているのかもしれない。

「では、いただきまする」

そして、パンの耳のラスクを食べ始めた。何度か噛《か》んで飲み込み、ただでさえ大きな目をさらに大きくした。

「ばたーの香りと甘いお砂糖がたまりませぬ！」

気に入ったようだ。いつもの調子でそう叫び、ぱくぱくとパンの耳のラスクを食べ始めた。

大地も、横から一つつまんだ。我ながら上手《うま》くできていた。カリカリの食感にバターと砂糖がよく絡み、甘くて懐かしい味になっている。子どものころ、母に作ってもらった菓子でもあった。

「お店で出すべきでございます」

たまきが主張したが、大地は首を横に振った。

「無理だよ。うちは定食屋だし、残り物のパンの耳なんて」

パンの耳は毎回出ないし、わざわざ食パンを仕入れるつもりもなかった。ときどきサービスで出すくらいが精々だろう。

「美味《おい》しゅうございました。『パンの耳のラスク』、堪能《たんのう》いたしました」

たまきが食べ終えた。パンの耳のラスクは、一つも残っていない。「てれびを見ながら」とか言っていたくせに、番組が始まる前に食べてしまったのだ。

たまきの口のまわりには、砂糖がついている。見た目はかなりの美人なのに、大雑把な性格が容姿を台なしにしていた。残念な美人であった。

砂糖がついていることを教えてやろうとしたときだ。コマーシャルが終わり、テレビの画面が変わった。

「やっと始まりました！　大地さま贔屓《ひいき》の『からあげ王子のグルメ散歩』の時間でございますっ！」

いつの間にか番組のファンにされていた。まあ、テレビ番組も勉強になる。一緒に見るかと腰を落ち着けたとき、たまきが震えた。

「こ、こ、これは……」

ショックを受けたようだ。目が点になり、ハニワのような顔になっている。テレビに視線を向けると、お笑い芸人らしきタレントが布団の素晴らしさを語っていた。櫻坂泰河はどこにもおらず、画面の隅にテロップが出ていた。

——本日、出演者急病のため、『からあげ王子のグルメ散歩』をお休みいたします。

櫻坂泰河のコーナーが差し替えられていたのだった。

✿

「ふん。馬鹿馬鹿しい」

櫻坂泰河は東京の片隅を歩きながら吐き捨てるように呟き、スマホの電源を乱暴に落とした。着信とメールがいくつも届いていたが、無視することにした。

昨日の収録をすっぽかした。その連絡がいくつも来ていた。番組を見ていないので、どうなったか分からないが、今日の『からあげ王子のグルメ散歩』には穴が空いただろう。

「誰が、からあげ王子だ」

再び吐き捨てた。番組では笑っていたが、そんなふうに呼ばれるのが嫌だった。馬鹿にされているとしか思えない渾名だ。

「愛されてるってことですよ。ニックネームを付けられるのは、一流芸能人の証拠じゃないですか」

マネージャーはそう言うが、やっぱり気に入らない。

アイドルも高齢化が進み、三十代前半の泰河は若手の部類だ。だが、それは年齢だけを見た場合であり、芸歴で言えば二十年以上のベテランである。

ドラマや映画の主演をやっていてもおかしくないのに、「からあげ王子」と呼ばれている。昼の番組で笑い物になっていた。

「何の積み重ねもねえ二十年だったな」

子役のころは、まだ俳優の仕事があった。ドラマにも出ていたし、映画にも何本か出演している。海外の映画祭に招待されたことだってある。ハリウッドスターと同じ舞台にも立った。

それが小学校を卒業したあたりから、ドラマや映画の仕事が減った。キャスティングされなくなったのだ。

何があったと言うわけではない。大人の顔つきや身体つきになると人気が落ちるのは、子役にありがちな現象だった。

このまま消えるのだろうかと思っていたとき、久しぶりに出たバラエティ番組で料理を披露した。それが、なぜか受けてしまった。

それをきっかけに仕事は忙しくなったが、呼ばれるのはバラエティ番組ばかりだった。演技の仕事はしばらくしていない。新曲も出しておらず、歌番組には十年以上も出ていなかった。

この世界は残酷だ。力のない者に仕事は回って来ない。おかしな渾名《あだな》を付けられて、へらへら笑いながら料理を作ることが、櫻坂泰河の仕事だ。

「最初から才能なんてなかったんだよ」

歌や演技の仕事がなくなってから、何度も呟《つぶや》いた言葉だった。すると、母は決まってこう言った。

「あなたには才能があるわ」

今もその言葉が耳にこびりついている。母の言葉を忘れることはできない。だが、自分に才能があるとは思えなかった。才能があるのなら、こんな状態になっていないだろう。

ふと昔のことを思い出す。

泰河は、父の顔を知らない子どもだった。物心つく前に、交通事故に遭って死んでしまった。そのときに、賠償金のようなものをもらった。その金を頼りに、母と泰河は二人で暮らしていた。

芸能人になると言い出したのは、泰河自身だった。テレビを見ていて、なりたいと思った。だが、それは目立ちたいと思ったわけでもなく、自分に自信があったわけでもない。テレビに出れば、たくさんお金がもらえると思ったのだ。

賠償金をもらったと言っても暮らしはカツカツで、母子の生活は楽ではなかった。母は朝から晩まで働いて、泰河を養ってくれた。身体が丈夫ではないのに無理をして働いてくれた。そんな母に楽をさせたくて、泰河は芸能界に入った。

「子どもでも稼げる仕事って、それくらいしか思いつかなかったしな」

そのころの自分を思い出しながら呟いた。そして、その思いつきは間違っていなかった。会社員の月給の何倍ものギャラをもらえるようになった。そのお金のすべてを母に渡した。生活は楽になったはずだったが、母はアルバイトを辞めなかった。泰河が稼ぐようになった後も働き続けた。

「このお金は、あなたのものだから」

泰河のものを買うばかりで、自分のために使おうとしなかった。それでは意味がないと思い、母に何度も言った。

「お母さんも欲しいものを買ってよ」

「ありがとう」

そう答えるばかりで、やっぱり使わなかった。どうして何も買わないのかと聞くと、こんなふうに返事をした。

「あなたがいてくれれば、他に欲しいものなんてないのよ」

何度聞いても、この返事だった。母は頑固だった。自分の洋服さえ買わないまま、時間が流れた。

およそ三ヶ月前、去年の年末のことだ。母が死んだ。アルバイト先で倒れて帰らぬ人となったのだった。

最初は実感がなかった。死に顔も見たし、火葬場で骨を拾ったのに、母が帰ってきそうな気がしていた。仕事を終えて家に帰るたびに、「ただいま」と言った。母の返事を待っていたのだ。

だが、死者は帰って来ない。部屋は暗いままだ。もちろん、「お帰りなさい」とも言ってくれない。

四十九日が終わり、お悔やみを言う人間もいなくなり日常に戻っても、母はいない。十年経っても二十年経っても、ずっと母はいないままなのだ。この先、ずっと母のいない生活は続く。

そのことが悲しかった。すべてが嫌になった。がんばる理由がなくなった。もう働きたくないと思った。

泰河は仕事を投げ出し、電車に乗った。そうしなければ、自分が壊れてしまいそうだった。

行き先は決まっていた。

西武新宿駅から特急・小江戸号に乗って、およそ五十分。泰河は本川越駅に着いた。人目は気になったが、帽子を目深にかぶっているせいか、誰も泰河に気づかなかった。他人のことなんて意外と見ていないものだ。

帽子を目深にかぶったまま、泰河は川越の町を歩いた。観光地だが、趣きのある町並みからドラマや映画の舞台として登場することも多い。

例えば、一番街でNHKドラマ『つばさ』、川越スカラ座で映画『バンクーバーの朝日』、料亭山屋でドラマ『下町ロケット第2シーズン』、川越城本丸御殿でドラマ『JIN—仁—』など挙げれば切りがない。

ドラマではないが、『神様はじめました』というアニメの舞台にもなり、熱心なファンが聖地巡礼をする土地でもあった。

泰河自身、二十五年前に川越を舞台にしたドラマに出演していた。子役だったころだ。撮影するとき、母が一緒に来たことをおぼえている。

「もう二十五年も経つのか」

子どものころは二十五年後なんて遠い未来のように思えたが、訪れてしまえば、あっと言う間の出来事のように感じる。一瞬で年を取ってしまった気さえした。

人生は短く儚《はかな》いものなのに、そのうちの二十五年を無駄にすごしてしまった。泰河は暗い気持ちになった。

「本当に無駄だよな」

子どものころから芸能活動に忙しかったせいで、泰河には友達もいなかった。そうやって手に入れたのが、からあげ王子というニックネームだ。

「どんな人生だよ」

そう呟くと、さらに悲しくなった。人は落ち込んだときや悲しいとき、昔の思い出にすがろうとする。泰河も例外ではなかった。だから、初めてドラマに出たときのロケ地を訪れたのだ。

そのときの記憶は、はっきりと残っている。新河岸《しんがし》川のほとりにある桜並木で演技をした。薄紅色の花びらが、ひらひらと舞っていた。

だが、これから向かおうとしているのは、ドラマの舞台になったところではなかった。本当の思い出の場所は、撮影後に寄った小さな食堂だ。母によく似た女の人が働いていた。二十年以上も経った今でも、はっきりとおぼえている。泰河は、その女性に会いたかった。

母の面影を追いかけて、川越にやって来たのだ。店が潰《つぶ》れていないことは、すでにネットで調べてある。

――信樂食堂。

名前もちゃんと残っていた。タヌキの信楽焼《しがらきやき》が、入り口の前にある店だ。

――たぬき食堂。

確か、そんなふうにも呼ばれていた。店主がタヌキに似ていた記憶もあった。

「だせえ名前」

からあげ王子と同じくらいださい。少しだけ愉快な気持ちになった。泰河は足を速めた。

✿

「からあげ王子のいない午後は闇でございます」

たまきがしきりに嘆いている。お気に入りの番組を見られなかったショックから立ち直れずにいるのだ。

いつの間にか、たまきを呼ぶ三毛猫の鳴き声も消えている。喫茶店に帰ってしまったようだ。

大地はテレビを消して、たまきに言った。

「病気なら仕方ないよ」

「……あい」

がっかりした顔で頷《うなず》いたときである。声が聞こえた。

「こんちは」

大地よりいくつか年上の男が、帽子を脱ぎながら店に入ってきた。暖かいので、入り口の戸を閉めておかなかったのだ。

信樂食堂を訪れる客のほとんどは、近所の商店街の人間だ。休み時間に顔を見せる者も少なくなかった。

だが、このとき入って来たのは、近所の人間ではなかった。初めての客でもない。話したことはないが、よく知っている人間だった。たまきが叫んだ。

「だ、だ、だ、大地さまっ！　からあげ王子でございますっ！」

なんと信樂食堂に入って来たのは、櫻坂泰河であった。芸能人が来たのであった。

「大地さま、事件でございますっ！　からあげ王子が、とうとう信樂食堂に参りましたっ！」

たまきが、大声を上げた。番組のロケで来たと思い込んでいるのだ。ただでさえ高いテンションが、マックスになっている。

ちなみに、『からあげ王子のグルメ散歩』は、生放送でもなければアポなしでロケする番組でもなかった。

だが、たまきは純真だ。スポンサーの意向で、ロケ地や取り上げる料理を決められていることなど想像したこともないだろう。芸能人は、テレビのキャラクター通りの性格だと信じているのだ。

「その名前で呼ぶの、やめてくんない」

泰河が不機嫌そうに注意した。ニックネームを気に入っていないようだ。まあ、そうだろうとも思う。「○○王子」という呼称はテレビ的には受けるだろうが、馬鹿にされていると受け取る者もいるはずだ。

「どうしてでございましょうか？」

たまきがきょとんとした顔で聞き返すが、泰河は相手にしなかった。芸能人だけあってスルースキルに長《た》けているのだろう。チャンネルを替えるように話を替えて、大地に聞いてきた。

「女の人、いないの？」

「女の人……？」

「そう。女の人。そこの女の子じゃなくて、もっと大人の女の人。五十歳か六十歳か分からないけど、それくらいの女の人だよ」

思い浮かんだ顔があったが、大地が口を開く前に、泰河が続けた。

「二十五年くらい昔のことだけど、もうやめちゃったのかな」

もう間違いない。大地は答えた。

「その人は、たぶん自分の母です」

母は身体が弱く入退院を繰り返していたが、調子のいいときには店に出ていた。感染するような病気ではなかったし、信樂食堂を愛していたのだ。

母のことを思い出していると、泰河に聞かれた。

「今日はいないの？」

悪意のない顔をしていた。何も知らないのだ。大地は答えた。

「は……はい」

「ふうん。今日は休み？」

大地の母に会いたがっているのだ。そんな泰河に、大地は言った。

「自分が小学校のころ他界しました」

時間が止まったような沈黙が流れた。その沈黙の後、泰河は言った。

「……そうか」

ショックを受けた顔で口を閉じたが、すぐに大地に頭を下げた。

「悪かった。何も知らなかったんだ」

本心から母の死を悼んでくれているようだ。通り一遍ではない気持ちを感じた。

彼の母親が亡くなったことを、大地は知っていた。テレビやネットのニュースでも流れている。あるいは、そのことと重ねているのかもしれない。アイドルだろうと、親を失った悲しみは同じだろう。

時の流れが悲しみを癒《いや》してくれることはあるが、泰河は母を失ったばかりだ。辛《つら》いに決まっている。大地は、泰河に声をかけた。

「何か食べて行きませんか？」

「ああ……。そうだな」

頷いて席に座りはしたが、心ここにあらずといった様子だった。大地の母に会うことを楽しみに、ここまで来たのだろう。見るからに力を落としていた。

「お召し上がりになりたいものはございますか？」

たまきが聞いた。いろいろと問題のある娘だが、仕事はちゃんとする。

何でもいい――そう答えるかと思ったが、泰河ははっきりと注文をした。

「からあげを頼む」

「かしこまりました！　大地さま、からあげさまを一つ、お願いいたしまする！」

目の前に大地がいるのに、たまきは叫んだのだった。落ち込んだ泰河を元気づけようとしているのだろう。

泰河がからあげを注文したのは、自分のニックネームを意識したからではなかった。二十五年前、この店で食べたのが、からあげ定食だったからだ。

泰河は、『からあげ王子のグルメ散歩』のスタジオでからあげを揚げてきた。そのたびに自画自賛した。

「旨《うま》いっ！　からあげの王さま級だね！」

スポンサーのからあげ粉を使っているので、そう言うしかなかった。どんなに失敗しても完食し、「旨いっ！」を連発した。自分の作ったからあげで胸焼けすることも多かった。

手軽に揚げられるからあげ粉を否定するつもりはない。実際、ほとんどのからあげは、素人が作ったと思えないくらい美味《おい》しく揚がった。

しかし、二十五年前にこの食堂で食べたからあげには遠く及んでいなかった。どんなに上手《うま》く揚げられたものでも、満足できなかった。味が違うのだ。

思い出補正かな――そんなふうに思ったこともあったが、似た味を作ってくれる人がいた。母だ。

なぜ、ここまで違うのか分からない。母の作ってくれたからあげは、この食堂の味に近かった。テレビ番組で揚げたからあげより、ずっとやさしい味がした。

「母さんのからあげが、この世で一番美味しいよ」

泰河が言うと、母は笑った。幸せな時間だった。

しかし、それも失われてしまった。この先、二度と母のからあげを食べることはない。母の笑顔を見ることはできない。

生きることは、失うこと。

生きているだけで、いろいろなものが失われていく。

母を失い、そのことが身に染みて分かった。大好きだったからあげも失われてしまったのかもしれない。食堂に来てみれば、自分より若い男が料理を作ると言っている。昔と同じ味が出せるとは思えなかった。

待っている間に、さらに憂鬱《ゆううつ》になった。この店を訪れたことを後悔し、料理が出てくる前に帰ってしまおうかとも思った。これ以上、失望することはない。椅子から立ち上がりかけたとき、無駄に元気な声が聞こえた。

「お待たせいたしました！」

たまきという娘だ。からあげ定食を運んできた。香ばしいごま油のにおいが食堂いっぱいに広がった。ここまでは、記憶の中のからあげと一緒だ。だが、早くも疑問があった。

「なぜ、二人分あるんだ？」

泰河は聞いた。たまきは二セット持っている。しかも、一つは大盛りの飯が丼《どんぶり》に盛ってあった。

「おれ、そんなに食べられないよ」

大盛りを食べるほど空腹でもないし、そもそも食欲がなかった。二人分なんて、ぜったいに入らない。

そう思っていると、たまきが言った。

「お気になさらないでくださいませ」

またか。

泰河はため息をついた。ロケをしていると、店のほうが張り切って大盛りにすることがある。今日もその類《たぐい》かと思ったのだ。

しかし、その予想は外れる。たまきは普通ではなかった。

「こちらは、わたくしの分でございます。及ばずながら、信樂たまき、ご相伴させていただきます」

よく分からないが、一緒に食べるつもりらしい。今までにない展開だった。

「ご相伴って……」

どう対応すれば正解なのか分からず戸惑っていると、たまきが続けた。

「一緒に食べたほうが、ごはんは美味しゅうございます」

そうなのかもしれない。母が死んでから、ずっと一人で食事をしていた。この娘と一緒に食事をするのも悪くない気がした。

「そうか。じゃあ、一緒に食べよう」

「あい」

たまきが頷《うなず》いて、当たり前のように泰河の隣に座った。清々《すがすが》しいほど遠慮をしない。泰河の顔を見て、言葉を発した。

「からあげ王子の足を引っ張らないように、気合いを入れてがんばりまする」

何をがんばるつもりなのかよく分からないが、とりあえず答えておくことにした。

「頼むぞ」

「あい。からあげ町娘を目指しまする」

町娘？

「からあげ王女とか、からあげ姫じゃなくていいのか？」

「身分を偽ることはできませぬ」

意味が分からない。もちろん天然娘なりの理由があるのだろうが、深入りする気力はなかった。

「分かった。からあげ町娘を目指してくれ」

いい加減に言うと、たまきが使命を与えられたという顔で頷いた。

「あい」

それから箸《はし》を取り、わざとらしいほど重々しい口調で宣言するように言った。

「からあげ王子、実食いたしましょう」


揚げ立てのからあげに、刻んだ万能ねぎと白ごま、ポン酢がかかっている。それが、この店のからあげだった。

「信樂食堂特製『ごまねぎポン酢からあげ』でございます」

たまきが胸を張るが、食材の名前を繋《つな》げただけである。ただ、下手な名前を付けるより旨そうに思えた。

「いいにおいだ」

「あい！　揚げ立てのからあげさまは、大正義でございまする！」

テンション高く言って、料理を食べ始めた。はふはふと言いながら、からあげを平らげていく。

見事な食べっぷりだった。その様子を見ているうちに、だんだん食欲が出てきた。

たまきの天然さには、不思議な力があった。さっきまで帰ろうと思っていたのに、食べる気になっていた。

「いただきます」

泰河は、からあげに箸を伸ばした。見た目は、記憶に残っているからあげと同じだった。母が作ってくれたものにも似ている。

だが、これと似た料理はどこにでもある。刻みねぎと白ごまのトッピングも定番なら、ポン酢で食べるのもよくあることだった。

問題は味だ。

見映えがよくても美味しくなければ、何の価値もない。からあげにねぎと白ごまをたっぷり載せて、落とさないように自分の口に運んだ。

「はふ」

間抜けな音が漏れたのは、からあげが熱かったからだ。だが、火傷《やけど》するほどではない。ポン酢がかかっているからだろう。鶏肉の美味しさを楽しむことのできる熱さだった。白ごま、万能ねぎ、ポン酢の味が一体となり、嚙《か》む前から味が弾《はじ》けそうだ。

たまきの真似をして、はふはふと転がしてから咀嚼《そしやく》した。嚙んだ瞬間、肉汁があふれて口の中でポン酢と混じり合った。さらにごま油の香りが、鶏肉の美味しさを極限まで引き出している。

「これだよ……。うん、この味……」

二十五年前に食べた味だ。自分で作ったものとは香ばしさが違う。からあげだけでなく、酸味もいつも使っているポン酢とは別物だった。揚げ物なのに、さっぱりと食べることができた。

「絶品でございます」

そう言ったのは、たまきだ。娘の皿を見ると、すでに空だった。泰河がからあげを一つ食べる間に、すべて食べてしまったようだ。ついでに丼の飯も消えていた。

「あんた、人間か？」

あまりの食べっぷりに思わず呟《つぶや》いた。すると、なぜか、たまきがギクリとした顔になった。まるで正体を言い当てられたようなリアクションである。

「た、た、たまきでございます！」

今さら自己紹介をしている。まあ、この娘のことはどうでもいい。

本当に気にかかっているのは、このからあげだ。泰河は残りのからあげを口に放り込んだ。

「やっぱり、この味だ」

少し冷めたからあげを食べて、泰河は確信した。からあげもポン酢も、普段食べているものとは明らかに違う。

母が死んだ後、同じものを作ろうとしたことがあったが、こんなふうには仕上がらなかった。

芸能人の片手間と言われるかもしれないが、泰河は番組で毎日のように、からあげを作っている。それなりに自信もあった。しかし、この味は出せなかった。

「どうしたら、こんなに旨《うま》く揚げられるんだ……」

聞くともなく呟くと、たまきが応《こた》えた。

「コツがございます。お教えいたしましょうか?」

「教えてくれるのか?」

聞き返したのは、企業秘密的な店の秘伝だと思ったからだ。何軒もの店にロケに行ったが、たいていの店は教えてくれない。それが、当然だとも思う。

「あい!」

威勢よく返事をしたが、自分で説明するわけではなかった。厨房《ちゅうぼう》に向かって大声を出したのだった。

「大地さま、出番でございます!」

大地という青年は、すぐに姿を見せた。二皿のからあげをお盆に載せて、テーブルにやって来た。

たまきが、からあげを凝視しながら大地に質問をした。

「大地さまも、ご相伴なさるのでございますか？」

食べることしか考えていないようだ。

「いや、これは自分の分じゃないよ」

「すると、わたくしのからあげさまでしょうか？」

うれしそうな顔をしている。あんなに食べたのに、まだ食べるつもりでいるようだ。

「違うよ。たまきは、さっき食べただろ？」

「……あい」

気の毒なほど、しょんぼりしてしまった。喜怒哀楽がはっきりしているので、見ていて退屈をしない。

「では、そのからあげさまはいずこへ？」

たまきが時代がかった台詞《せりふ》で聞くと、大地が答えた。

「二皿とも泰河さんに食べてもらうんだよ」

おや？

不審に思ったのは、下の名前を言われたからだ。妙に親しみがこもっていた。大地は、自分のファンなのかもしれない。芸能活動にうんざりしていたが、悪い気持ちはしなかった。少し上機嫌になって、テーブルに置かれたばかりの皿を見た。

「普通のからあげか」

万能ねぎも白ごまもポン酢もかかっていなかった。揚げ立てらしく、ごま油のいい香りがする。それを見て、ぴんと来た。

「違いは鶏肉にあるというわけか？」

素材が違うというオチはありがちだ。地方の有名な地鶏を使っているパターンだ。もしかすると、軍鶏《しゃも》なのかもしれない。烏骨鶏《うこっけい》ということもあり得る。

そう思ったが、外れていた。大地に言われた。

「いえ、同じ鶏肉で、味付けも同じです」

「同じ？」

泰河は首をひねった。同じものを二つ持って来たということか？　それでは意味がない。何か違いがあるはずだ。

二皿のからあげを比べると、片方の色がいくらか濃かった。他に違いはないかと見ていると、たまきが言ってきた。

「冷めないうちにお召し上がりください」

「ええ。お召し上がりになれば分かると思います」

大地が付け加えた。食べ比べてみろということのようだ。

言葉で説明されるより、自分の舌で味わったほうが確かだろう。そう思いながら横を見ると、たまきが箸《はし》を持っていた。

「君も食べるの？」

「いけませぬか？」

「いや、別にいいけど」

泰河もすでに一人前のからあげを食べている。からあげは、二皿もある。泰河一人では食べ切れないだろう。また、一人で食べるよりも、この賑《にぎ》やかな娘と食べたほうが美味《おい》しい気もした。

「じゃあ、一緒に実食するか」

「あい。王子、おともいたしまする」

たまきは言った。まるで戦場に乗り込むような顔をしていた。

泰河が最初に箸を伸ばしたのは、揚げ色の薄いほうのからあげだ。

「熱いので気をつけてください」

大地に言われたが、あまり気にせず箸でつまみ、口に放り込んだ。

「熱っ！」

思わず声が出た。やっぱり熱かったのだ。揚げたてのからあげは肉汁までも熱く、火傷しないように、さっきよりもたくさん、はふはふと口の中で転がさなければならなかった。薬味やポン酢がかかっていない分、ダイレクトに熱さを感じた。

泰河は咀嚼し、きちんと味わった。そして感想を言った。

「旨いけど……」

さっき食べたからあげほどの感動はなかった。これくらいのからあげなら、自分でも作れそうだ。がっかりした気持ちになっていると、たまきが言ってきた。

「もう一皿のほうも実食いたしましょう！」

すでに一皿目のからあげを食べ終えていた。泰河が一つ食べている間に、全部食べてしまったのであった。

「王子が召し上がらないのでしたら、わたくしが」

何も言っていないのに、二皿目のからあげを食べ始めた。一人で食べてしまうつもりなのだ。

「ちょっと待ってよ」

「待てませぬ」

きっぱりと言われて、泰河は焦った。早く食べなければ、味を比べることもできなくなってしまう。からあげの謎が解き明かされないまま終わってしまう。

たまきと争うように箸でからあげをつまみ、ふうふうと軽く冷ましてから口に運んだ。

「――これだ」

決め顔を作り、指をパチンと鳴らした。テレビでそういうリアクションを求められているうちに癖になってしまったのだ。

それはともかく、ごまねぎポン酢がかかっていたのは、このからあげだ。食べ比べてみると、よく分かる。一皿目のからあげとは、香ばしさが違った。

「違いが分かりますか？」

大地に聞かれたので、思いついた答えを言った。

「二度揚げしたんだろ」

揚げ物全般に言えることだが、二度揚げすると香ばしさが増す。カラリとした食感を楽しむこともできる。

「最初に低温の油でじっくり揚げてから、からあげを取り出して、今度は高温の油で揚げる。すると外側がパリッと揚がるんだ」

またしてもテレビに出ているときの癖で、からあげを指差してポーズを決めた。たぶん、歯もキラリと光っているだろう。聞かれてもいないのに蘊蓄《うんちく》を披露してしまった。

「さすがは、からあげ王子でございます！　この世に知らないことはございませぬ！」

たまきがガヤを入れてくれた。絶妙なタイミングだったが、褒めすぎだ。声も台詞の中身もオーバーだった。しかし、大地は首を横に振った。

「両方とも、二度揚げしてあります」

言われてみれば、一皿目のからあげもカラリと揚がっていた。

謎が深まった。鶏肉も味付けも、そして揚げ方まで一緒。それなのに、一皿目と二皿目のからあげは違っていた。改めて考えてみたが分からなかった。

「どういうことだ？　正解を教えてくれないか」

大地に言ったときだ。たまきが二皿目のからあげを食べ終えて、満足そうに叫んだ。

「きな粉さまのからあげ、美味しゅうございます！」

それが、このからあげの美味しさの秘密だった。

からあげ粉として使われるのは、小麦粉か片栗粉が多い。信樂食堂では、きな粉を使って揚げているというのだ。

菓子屋横丁《かしやよこちょう》には豆菓子の店も多く、きな粉のスイーツも珍しくない。小江戸のイメージにも合っている。その意味では、川越らしい食材と言えるだろう。だが、この料理法は知らなかった。

「からあげをきな粉で揚げるなんて初耳だ」

泰河が呟《つぶや》くと、また、たまきが言った。

「珍しい料理法ではございませぬ」

「そうなのか？」

「ええ。きな粉で揚げると、香ばしさとコクが増すんです」

今度は、大地が答えた。確かに、泰河が知っているからあげよりも味に深みがある。

「知らなかった」

正直に言った。からあげ王子と呼ばれてはいるが、スタジオに用意された材料で揚げているだけだった。からあげの料理法を調べたこともなかった。

そもそも、『からあげ王子のグルメ散歩』のスポンサーは、からあげ粉のメーカーだ。きな粉で揚げる方法を紹介するわけがない。

「まあ、でも旨《うま》い理由が分かったよ。そっか、きな粉で揚げるのか」

泰河は納得したが、たまきに否定された。

「きな粉さまだけの手柄ではございませぬ」

「ん？　きな粉の他にも、何かあるのか？」

「あい」

重々しく頷《うなず》いたが、やっぱり自分で説明はしなかった。

「大地さま、出番でございまする。信樂食堂の若殿として、からあげ王子に教えてあげてくださいませ」

「誰が若殿だよ」

阿吽《あうん》の呼吸で突っ込んだ。たまきは普段からこの調子のようだ。大地はそれ以上何も言わずに、厨房《ちゅうぼう》から小皿を持ってきた。両方に醬油《しょうゆ》ベースのタレ――おそらくポン酢が注がれていた。またしても、まったく同じものに見える。

タレの注がれた小皿をテーブルに置き、大地が泰河にスプーンを差し出しながら言った。

「味を見てください」

「ポン酢の？」

「ええ」

わざわざ味見をさせるということは、ただのポン酢ではないのだろう。スプーンを受け取り、一皿目のポン酢の味を見た。

「……普通のポン酢だ」

家の冷蔵庫に入っているものと変わらない味がした。もちろん、まずくはない。番組で使うのも、この味だ。

「もう一つのほうが、今回の料理に使ったものです」

大地が二皿目をすすめてきた。

「ふうん。一緒に見えるな」

違いが分からなかった。見た目は同じだ。すると、たまきが言ってきた。

「目ではなく舌で味わってくださいませ」

「そうだな」

泰河は二皿目のポン酢をスプーンですくって舌に載せて、高いワインを味わうように味を見た。

「味が、全然違う」

はっきりと分かった。見た目は同じでも別物だ。こっちのほうが爽《さわ》やかだった。酸味があるのに甘い。味に奥行きが感じられた。

「一つ目は、いわゆる普通のポン酢です。市販のものを使いました」

大地が解説を始めた。片方が市販のものなら、他方の正体は予想できる。このパターンは知っている。

「こっちのは、自家製のポン酢ってわけか？」

自信を持って聞いたが、またしても外れだった。大地が首を横に振った。

「正確には違います。ポン酢ではなくポンスとでも言いましょうか」

「ポンス？　何それ？」

泰河は聞き返した。生まれて初めて聞く言葉だ。

大地に聞いたのだが、返事をしたのはたまきだった。

「ポンスというのは、柑橘類《かんきつるい》を絞った汁のことでございます」

「柑橘類？」

「あい。ポンスは蘭語でございます」

オランダ語のことだろう。たまきの言葉遣いは古めかしい。

「その言葉が入ってきたのは、お江戸のころでございます」

もともとは、果汁入りのカクテルのことだったが、いつの間にか柑橘類の絞り汁そのものを指すようになったという。

「酢は関係ないんだ？」

「あい。わたくしの知るかぎり、ポンスに酢を使うのは当て字でございます」

どこまで本当のことか分からないが、自信たっぷりだった。天然なのに、昔の知識はあるようだ。お江戸好きなのかもしれない。

「へえ」

感心して、もう一口味を見た。

やっぱり、このポン酢――いや、ポンスは旨かった。

「プロの作る味は違うもんだな」

心の底からそう言ったのだが、大地が照れくさそうに笑って首を横に振った。

「いえいえ。誰でも簡単に作れます。醬油にカボス果汁を加えただけですから」

「え？　それだけで、この味になるの？」

「ええ。出汁《だし》醬油で割っても美味《おい》しいですが、カボスと醬油を味わうため、あえて加えていません」

大地は続けた。川越は、醬油も旨い町だ。コクのある極上の醬油が、簡単に手に入る。確かに、出汁はいらないのかもしれない。

下手な料理人ほど、味を足したがる。この店の料理は、小細工をせずに素材が活《い》かされていた。

小麦粉の代わりにきな粉を使い、ポンスを使っただけのようにも見えるが、鶏肉の筋や脂肪がきちんと取り除かれていた。下ごしらえにも手を抜いていないと分かった。

「あんた、若いのにいい腕だな」

「私の腕ではありません」

大地が言うと、たまきが透かさず反応した。

「ご謙遜《けんそん》なさるところが奥ゆかしゅうございます。大地さまは、ご謙遜王子でございますな」

王子をつければ、ほめ言葉になると思っているらしい。馬鹿にしているようにしか聞こえないのだが、たまきは真面目な顔をしていた。

「そんなんじゃないよ。泰河さんが、このからあげを気に入ってくれたのは当然のことなんだ」

「当然でございますか？」

たまきの顔にハテナが浮かんでいる。この店で働いているのに知らないようだ。

「分かるように説明してもらえるかな」

「はい。そのつもりです。ただ、何分かお待ちください」

意味ありげに言って、厨房に戻っていった。


何分かと言ったのは、もののたとえではなかった。ほんの五分も経たないうちに、大地が戻って来た。

「お茶でございますか？」

たまきが聞いた。大地はお盆を持っているが、その上には湯飲み茶碗《ぢやわん》とポットが載っていた。

「似たようなものだけど、ちょっと違うな」

大地が答えて、湯飲み茶碗をテーブルに置いた。まだお茶を注いでいないのに、何か入っていた。

「お花が入っておりまする」

「うん。桜の蕾《つぼみ》」

大地はそう応《こた》えてから、ポットを手に取って湯飲み茶碗に熱い湯を注いだ。すると、弁がほぐれて花がゆっくりと開いた。ほのかな香気が立っている。春のにおいだ。

「桜のよい香りがいたします」

「これ、何か知っているよね」

「あい。桜湯でございます」

たまきが応えた。泰河もその飲み物を知っていた。桜の塩漬けのことを「桜漬《さくらづ》け」と呼ぶ。七分咲きの八重桜を用いたものだ。その桜漬けに熱湯を注いだものが、桜湯だ。

そんな蘊蓄《うんちく》を言う気にもなれないほど、泰河は驚いていた。その傍らで、たまきと大地が会話を続けた。

「長屋に住んでいたころ、祝い事があると飲んでおりました」

「長屋？」

「あい。貧乏長屋で暮らしていたことがございます」

「そっか……。苦労したんだね」

大地がしんみりしている。たまきの過去には何やら事情がありそうだが、泰河はそれを気にするどころではなかった。

どうして、桜湯が？

桜湯は、母の大好物だった。彼女がいつも飲んでいたものだ。桜の花の香りが、母の記憶をよみがえらせた。

「泰河も一緒に飲まない？」

口癖のように、母は泰河に聞いた。桜湯を飲むことが、質素に暮らしていた母の唯一の楽しみでもあった。たいていは夕食後、一日の終わりに桜漬けを湯飲み茶碗に落とし、熱湯をかけていた。

「ジュースのほうが美味しいよ」

まだ小学生だったころの話だ。子どもの泰河は、そう答えた。中学生、高校生、さらには成人してからも桜湯の美味しさは分からなかった。ほとんど味のない白湯《さゆ》だと思っていた。

三十歳をすぎても、桜湯の美味しさは分からない。去年、母が倒れる前にそう言った。すると、母はやさしく微笑んだ。

「もう少し年を取ったら、桜湯の美味しさが分かるわよ。そしたら一緒に飲みましょう」

だが、その日は来なかった。泰河が年を取る前に、母は死んでしまった。約束は永遠に果たせないままだ。

「死んじゃうなんてずるいよ……」

葬式が終わった後、母の遺影を見ながら文句を言った。仏壇には、今も桜湯が供えてある。


「どうして桜湯のことを知ってるんだ？」

泰河は、大地に聞いた。問い詰めるような声になったのは、仕方のないことだろう。いくら何でも、たまたまということはあり得ない。

仮に、大地が自分のファンだとしても、母が桜湯を好きだったことを知るのは不可能だ。雑誌やテレビのインタビューでも話した記憶がなかった。

「教えてもらったからです」

大地が答えた。まさか、母と知り合いだったのか。そう訊《き》くと、料理人は首を横に振った。

「いえ、お目にかかったことはありません」

「じゃあ、誰に教えてもらったんだ？」

「うちの母です」

意外な返事だった。泰河は聞き返す。

「え……？　あんたのお母さんが？　どういうことだ？」

「大地さまのお母さまは、ずっと前にお亡くなりになったのではありませぬか？」

たまきが口を挟んだ。泰河と同じくらい不思議そうな顔をしている。やっぱり、この店には、従業員でさえ知らない秘密があるようだ。

「少し長くなりますが──」

そう前置きして、大地が店の棚を開けた。そこには、手紙の束がしまってあった。


お母さま──八重《やえ》さんが、お手紙を書いていたのはご存じですよね？

ええ。お礼のお手紙です。

泰河さんがロケで訪れた店、撮影後に足を運んだ店、仕事帰りに立ち寄った店。

可能なかぎり、お手紙を書いていたそうです。電話は相手の時間を奪うものだし、メールでは気持ちが伝わらないとおっしゃっていたとか。

幸せは、人が運んでくるものだから。

幸せになるためには、人との縁を大切にしなければならないと考えていたんです。

もちろん自分の幸せを願ったわけではありません。

泰河が幸せになりますように。

そう願っていました。親は子どもより先に死ぬものだから、結局、親は我が子の幸せを祈ることしかできない、と。

もう、お分かりかと思いますが、二十五年前、八重さんから食堂宛てにお手紙をいただきました。

美味《おい》しい食事をありがとうございます。

そう書いてありました。泰河に代わって、お礼を申し上げます、と。


「八重さんとのお付き合いは、そのお手紙だけではありませんでした」

大地は話を続けた。もらったお礼の手紙に、母の珠子《たまこ》が返事を書いたのだ。すると、その返事に、八重がさらに返事を書き、文通のようなやり取りが始まった。

礼儀正しかったということもあるが、それ以上に二人の母親は気が合った。お互いに、身体が丈夫ではなかったからかもしれない。

「そんなこと、知らなかった……」

泰河が呆然《ぼうぜん》とした声で呟《つぶや》いた。親が子どもの人生すべてを把握していないように、子どもだって親のことは分かっていないものだ。

二人の母親の交流は手紙だけではなかった。そのことを、大地は知っていた。

「何度か、この食堂に足を運んでくださったそうです」

「え？　母が？」

泰河が驚いているが、東京に住んでいる人間にとって川越は遠い町ではない。泰河が学校や仕事に行っている間に、行って帰ってくることは十分に可能だ。

「ええ。からあげを毎回のように食べていかれたようです」

大地が言うと、たまきが不思議そうに聞いてきた。

「からあげが大好物だったのでございましょうか？」

毎回、同じ料理を注文する理由が分からなかったようだ。

「そうじゃない。おれがここのからあげを旨《うま》いと言ったからだ」

泰河が言った、そのときのことを思い出したのだろう。目が潤んでいた。

「おれ、こどものころ偏食で肉ばっかり食べててさ。でも、このからあげのときはねぎも食べられたんだよ」

八重が、信樂食堂のからあげをおぼえて帰った理由の一つだろう。

ねぎ、ごま、大豆ともに、身体を健康にする成分が含まれている。例えば、ねぎは、活性酸素を抑制し癌の予防に効果がある。ごまは悪玉コレステロールの低下を促し、大豆には血栓や動脈硬化を予防する働きがある。

「うちの母も、桜湯が好きでした。泰河さんのお母さまと何度か一緒に飲んだそうです」

大地が打ち明けるように言うと、たまきが応じた。

「川越らしい飲み物でございます」

川越は、桜も有名だ。最も名前が通っているのは、川越大師喜多《きた》院だろう。紅葉山庭園に咲くシダレザクラは徳川家光《とくがわいえみつ》が植えたものとされていて、「徳川家光お手植えの桜」と呼ばれている。

「尊い桜さまでございまする」

たまきが注釈を加えたが、尊いのは将軍の植えた桜だけではない。信樂食堂の近くにある川越氷川神社の裏手の新河岸川桜並木は、戦没者の父親が我が子を思って植えたものだ。

「親が子より先に死ぬのは自然の摂理だけど、残して逝くのは辛《つら》い。うちの母が、よく父に言っていたそうです」

大地が静かに言った。泰河と彼は、母親を亡くした同士だった。

「自分は母のことが大好きで、家にいるときはまとわりついていました。いろいろなことを話しました」

父が教えてくれたことだ。珠子は死を覚悟しながら生きていた。大地がそのことを知ったのは、母が死んだ後だった。

淡々と話しているつもりが、鼻の奥がつんとして涙が流れそうになった。こんなところで泣くわけにはいかない。ぎゅっと目を閉じると、我が子を思いながら桜湯を飲む母の姿が思い浮かんだ。大地の母親の正面には、泰河の母が座っている。かつて、この食堂であったであろう風景だ。二人の母親が会話を交わしていた。

「泰河さんのことを心配していたそうです」

そんなことまで知っているのは、手紙が残っていたからだ。交流しているうちに仲よくなったのだろう。砕けた言葉で、こう書かれていた。

私がいなくなった後、ちゃんと生活できるかしら。
寂しがらないかしら。
一人で生きていけるかしら。

大地は、その手紙を泰河に見せた。自分が病気だろうと、身体が弱っていようと、親は子どもの心配をするものだ。

泰河が必死に涙をこらえている。唇を固く結び、嗚咽《おえつ》を飲み込もうとしていた。だが、いくら涙をこらえても、嗚咽を飲み込んでも、それらはあふれてくる。大地は、そのことを知っていた。

「今日、からあげを作ったのは、泰河さんのお母さまとの約束だったからです」

「……約束？」

「ええ。約束したのは、私ではなく母ですが――」

大地は、二枚目の手紙を見せた。


もし、息子が食べるのに困って、ここに来たらご馳走《ちそう》してあげて。

美味しいごはんを食べさせてあげて。

食べることは、生きること。

生きることは、食べること。

美味しいごはんを食べれば、きっとがんばろうって思うはずだから。

悲しいことがあっても乗り越えられるはずだから。


祈りにも似た言葉が、そこにあった。八重の声が聞こえた。涙が、泰河の目からあふれた。最初の一粒が頬に落ちると、もう止まらなくなった。

泰河が声を殺して泣き始めた。手紙には、こんな言葉が書いてある。


あの世に逝ってもテレビを見ているから。

あなたの姿が映るのを見ているから。

しばらく泣いた後で、泰河が大地に聞いてきた。

「天国って、本当にあるのかな」

「分かりません。でも、自分はあると思って――母が見ていると思って、この店で料理を作っています」

大地が言うと、泰河が笑った。

「あんた、いい人だな。母さんが、この店を気に入った理由が分かったよ」

「いい人だなんて――」

そう言いかけたときだ。たまきが口を挟んだ。

「王子、病気は治りましたでしょうか？」

今さら、『からあげ王子のグルメ散歩』が休みだったことを思い出したようだ。

「病気……。ああ。ばっちり治ったよ」

「では、明日はテレビに出られるんですね」

「もちろんさ！　『からあげ王子のグルメ散歩』、王さま級の面白さだよ！」

泰河が、たまきに向かってポーズを決めた。

第三話

春祭《はるまつり》――びっくり焼きおにぎり

松本醤油商店《まつもとしょうゆしょうてん》

川越で約二五〇年続く蔵元。天保《てんぽう》元（一八三〇）年に建造された蔵には、江戸時代から使い続けている杉桶《すぎおけ》があるという。醤油だけでなく、ドレッシングや漬け物でも、老舗《しにせ》の味を楽しむことができる。ホームページから醤油蔵の見学を申し込むことも可能。

西武新宿線本川越駅より徒歩十分

午後八時をすぎると、食堂に客がいなくなった。ほんの一時間前まで、ほぼ満席だったのが嘘のような空き方だ。

川越は観光地だが、信樂食堂はいくらか外れた場所にある。客は地元商店街の人間が多く、夜になると客足は鈍った。

モーニングを始めてから、午後九時までを営業時間にしているが、客がいないときには早じまいをしている。

「看板にするか」

大地は、たまきに言った。声にため息が混じった。疲労で身体のあちこちが強張《こわば》っている。

たまきと父が手伝ってくれるとはいえ、朝から晩まで厨房《ちゅうぼう》に立っていると疲れてしまう。仕事は楽しいが、無理をしないのも大切だ。営業時間を見直すか、休憩時間をもっと長くしたほうがいいのかもしれない。

「明日は、お休みでございますね」

たまきが応じた。週に一度の定休日だった。

ちなみに、このとき、父は自分の部屋に戻っていた。朝の営業を手伝ってもらう代わりに、早上がりにしているのだ。父自身は働きたがっているが、また倒れられても困る。実際、疲れているらしく寝てしまったようだ。

「大地さま、お腹が空《す》きました」

たまきが主張した。この娘はタフだった。どんなに働いても疲れた様子を見せない。いつも元気だ。いや、元気すぎる。

「若さかなあ……」

ちょっと違うような気がする。たぶん、たまきは二十歳くらいだが、それにしたって元気すぎる。でも、他に理由が思い浮かばなかった。どうして元気なのかと聞くのもおかしな話だ。

「暖簾《のれん》を片付けて参りまする」

たまきが、入り口に行こうとしたときのことだった。ガラリと戸が開いた。閉店しようと思ったところへ、客が来たのだった。

遅い時間だろうが、疲れていようが、客はありがたい。そのことは、たまきも承知している。

「いらっしゃいませっ！」

近所から苦情が来そうな大声で出迎えた。大地も挨拶《あいさつ》しようと、そっちを見た。信樂食堂に入って来たのは、この店の一番の常連だった。

「大地さま、築山さまでございますっ！」

見れば分かるのに、たまきが教えてくれた。現れたのは、築山だった。気が短く、すぐに怒鳴るが、やさしい性格の持ち主でもあった。ずいぶんと助けられている。

「築山さん、いらっしゃいませ」

大地も声をかけた。たまきほどではないが、築山も元気者だ。いつもなら気合いの入った挨拶が戻ってくるところだが、今日は違っていた。

「……おう」

蚊の鳴くような声だった。顔も上げず、しょんぼりと項垂《うなだ》れている。

「お腹が空いたのでございますか？」

たまきが心配する。馬鹿にしているわけではなく、本気でそう思っているのだろう。おそらく、自分に置き換えたのだ。たまきの元気がなくなるのは、空腹のときだけである。

「いや……。腹は減ってねえ。飯を食いに来たんじゃないんだ」

それはそれで不思議な返事だった。食堂に来て、「飯を食いに来たんじゃない」と言われても困る。

「ごはんではないのでございますか？　では、おやつを食べにいらっしゃったのでしょうか？」

「……おやつでもない」

言い返したが、やっぱり元気がなかった。

「では、何でございましょう？」

「実は相談したいことがあって来たんだ」

一瞬の沈黙の後、たまきが聞き返した。

「また、凜《りん》さまと喧嘩《けんか》をしたのでございますか？」

大地も同じことを思った。以前も相談を持ちかけられたが、娘との不仲を取り持って欲しいというものだったからだ。

築山凜。

有名私立中学校に通う築山の一人娘だ。築山は離婚していて、男手一つで娘を育てている。年齢的に反抗期ということもあって苦労していた。

「喧嘩はしていない」

「では、また叱られたのでございますか？」

父親に言う言葉ではないが、凜のほうが築山よりもしっかりしていた。

「いや、叱られちゃいねえ」

築山が答えた。相変わらずの蚊の鳴くような声だ。やっぱり元気がない。

普通の人間であれば、「どうしたのだろうか？」と思うところだが、たまきは一味も二味も違った。名探偵よろしく、指を突きつけるようにして言ったのだった。

「残る可能性は一つでございます。凜さまに愛想を尽かされたのでございますね」

年ごろの娘を持つ父親に言ってはならない言葉だ。

築山がくずおれるように椅子に座り込んでしまった。その様子は、ノックアウトされたボクサーのようだった。燃え尽きて、真っ白な灰になっている。

「築山さま、大丈夫でございますか？」

たまきが無邪気に心配した。自分のやったことが分かっていないのだ。たまきに任せておいたら、築山のメンタルが破壊されてしまう。大地は、慌てて口を挟んだ。

「これから、まかないを食べるんですが、築山さんもいかがですか？」

食欲はなさそうだが、それでも食事をすれば少しは元気になると思ったのだ。知らないうちに、たまきの影響を受けている。

「あ、そうだ」

ふと思いつき、築山に提案した。

「凜ちゃんも呼びましょうか？」

娘のほうも信樂食堂の常連だった。何があったか分からないが、凜が関係しているのは確からしい。それならば、娘を呼んだほうが話が早い。

凜は思春期で生意気なところはあるが、実は父親思いだった。諍《いさか》いごとがあったにせよ、話せば解決するだろう。

「ぐっどあいでぃあでございます。みんなで美味《おい》しいごはんを食べれば、世界は平和になりまする」

築山をノックアウトした娘が、自信たっぷりに断言した。世界平和のことは分からないが、築山家に平和が戻る気がする。少なくとも、築山は元気になるだろう。

「電話します」

大地は店の電話に手を伸ばそうとした。しかし、築山は首を横に振った。

「無駄だ。凜は家にいねえ」

その言葉に驚いた。そろそろ午後九時になる。

「え？……まさか家出？」

「た、た、大変でございます！」

たまきが飛び上がり、店の電話に駆け寄った。

「自衛隊を呼びまする！　大地さま、電話番号を教えてくだされ！」

「違う！　落ち着け！　家出じゃねえ！」

築山が慌てて止めた。たまきなら、本当に自衛隊を呼びかねないと思ったのだろう。

確かに、それくらいのことはやりかねない。

「もう一度、言うぞっ！　家出じゃねえっ！　自衛隊も警察も、商店街の会長も呼ぶなっ！」

築山は必死だった。たまきは切り替えが早い。一瞬で落ち着いた。

「違うのでございますか？」

「ああ。凛は別れた女房の家にいる」

それが、今回の相談だった。

✿

「築山さま、桜飯《さくらめし》さまでございます」

たまきが料理を出した。大地が作った、まかないだ。

「茶飯か」

築山が反応した。桜飯の異名だ。ちなみに桜飯とは、醬油《しょうゆ》を入れただけの具のない炊き込みごはんのことである。おでんと一緒に食べることも多い。ただ、今回はおでんはない。みそ汁と漬け物を添えただけだった。

「夜は軽く済ませることにしているんです」

大地は言い訳するように言った。夕方の営業を始める前に、ちゃんとした食事は済ませている。この時間に食べるのは、いわば夜食だ。

「あい。わたくしも軽く食べまする。築山さま、丼《どんぶり》にいたしますか？　それとも、大盛りがよろしいでしょうか？」

すごい二択を突きつけた。

「いや、おれは普通の茶碗《ちゃわん》で——」

「大盛りでございますね」

もはや食ハラだ。飲食店の従業員が、客に無理やり食べさせてはならない。さすがに注意しようと思ったが、たまきが話を変えた。

「大地さま、築山さま、お江戸の茶飯さまは、お醬油でなかったことをご存じでいらっしゃいますか？」

「いや」

二人同時に首を横に振った。

「お茶を使ったごはんを、『茶飯』と呼んでおりました」

蘊蓄《うんちく》を披露する口調で言い、暗唱するように昔の言葉を発した。

まづ信楽《しがらき》上品の煎茶《せんちゃ》を烹《に》出し滓《かす》を去り
粳米《こめ》の多少に応じ炊水《しかけみづ》に用ひ食塩《しほ》一匙《すくひ》入れ炊く事常の如し

お茶を使った茶飯のレシピのようだ。何となく分かる。たまきは暗唱した言葉に説明を加えず、さらに蘊蓄を披露する。

「夜二更《にこう》後（午後九時から十一時ごろ）になると、茶飯売りが長屋にも参りました」

「長屋？　茶飯売りが来る？　今時、そんなところがあるのか？」

築山が疑問を口にした。長屋はともかく、茶飯売りの訪問販売なんて聞いたことがない。ピザのデリバリーのようなものだろうか。

「今時のことではございませぬ」

よく分からない返事があった。疑問に思ったが聞く暇もなく、たまきが強引に話を戻した。

「早く食べないと冷めてしまいまする」

自分で脱線したくせに、そんなことを言っている。

「お取り分けいたしまする」

築山と大地の分を茶碗によそり、自分の分を丼に盛った。休みの日に買ってきた丼だ。たまきはこの丼をすこぶる気に入っているようだ。

「お召し上がりくださいませ！　築山さまのご希望通り、ちゃんと大盛りにいたしました！」

普通の茶碗に盛ってあった。突っ込みどころの多い食ハラ発言だが、簗山は言い返さず、相変わらず元気のない声で応《こた》えた。

「……せっかくだから食べるか」

「あい！　本日のまかない、実食いたします」

宣言するように、たまきが言った。

こうして、夜のまかない食事会が始まった。


最初に食べ終えたのは、たまきだった。

「お醤油の香りが食欲をそそりました」

丼を見ると、米の一粒も残っていなかった。相変わらず大食いで早食いだ。そのくせ、しっかりと味わっている。

「甘みがあって美味しゅうございました。出汁《だし》を入れていないとは信じられませぬ」

「醤油そのものに旨《うま》みがあるからね」

「どちらのお醤油でございますか？」

「松本醤油商店の醤油だよ」

地元の名店だ。明和元《めいわ》（一七六四）年創業の老舗《しにせ》で、川越で二百五十年以上続く蔵元だった。香気が高く、しっとりとした自然な甘みがある醤油は人気が高く、信樂食堂でも使っていた。この店の醤油をアイスなどに加えて、醤油スイーツを作っても美味しい。

「たまごかけごはんにかけても、美味しゅうございますな」

何度も食べているくせに、改めて言うのだった。おかわりを要求するつもりだろう。大地は、そんなたまきに釘《くぎ》を刺す。

「もう、ごはんないから」

軽いまかないのつもりだったので、二合くらいしか炊いてなかった。

「無念でございまする」

たまきが肩を落とした。

そんなふうに大地とたまきが話している間、築山は一言もしゃべらなかった。ふと見ると、今にも泣きそうな顔で桜飯を食べていた。

「……重症でございます」

「……そうみたいだな」

たまきと大地は囁《ささや》き合った。

「おれがバツイチだってことは知ってるよな?」

桜飯を食べ終えた後、簗山が話し始めた。重い話になりそうなものだが、信樂食堂には空気を軽くする天然娘がいた。

「あい。ばついちでございます」

たまきがしたり顔で頷《うなず》いた。そんな顔をしているが、バツイチを理解しているかは怪しい。何しろデートを知らなかった前科がある。

だが、たまきはアップデートしていた。ただし、情報源はテレビのワイドショーである。

「奥方さまに捨てられたのでございますか?」

すごい質問をしたのであった。大地は再び慌てた。

「た、たまきっ!」

天然娘の口を塞《ふさ》ごうとしたが、当の簗山が仲裁するように言った。

「いいんだ、大地。たまきちゃんの言うことは、あながち間違っちゃいねえ」

「え?」

本当に捨てられたのか。そう思ったことが顔に出たのだろう。簗山が言った。

「まあ分かりやすく言うと、愛想を尽かされたってやつだ」

小さくため息をつき、天を仰ぐようにして続けた。

「離婚したのは、おれの責任だ」

「つまり、浮気なさったのでございますか？」

たまきはストレートで遠慮がない。

大地が注意するより早く、簗山が返事をした。

「おれは浮気なんかしねえ」

きっぱりと言い切った。確かに、一途《いちず》で不器用なタイプに見える。すると思い浮かぶのは、もう一つの可能性だ。たまきがさらに突っ込んだ。

「では奥方さまの──」

「違うっ！」

否定が早かった。自分より別れた妻の名誉を守ろうとしたのだろう。簗山は漢気《おとこぎ》がある。

「おれが、別れた女房の仕事に理解がなかったせいだ」

「何のお仕事をしていらっしゃったのか、お伺いしてもよろしいでしょうか？」

「弁護士だ」

築山が答えた。その返事は意外だった。どこで知り合ったのだろうかと思っていると、築山のほうから教えてくれた。

「中学校時代の同級生だ。昔から頭がよかった。おれの何倍もな」

懐かしそうな口調だった。もしかすると、初恋の相手だったのかもしれない。

「どうして離婚なさったんでございますか？」

「さっきも言ったが、おれが女房の仕事に理解がなかったからだ。仕事を辞めて欲しかったんだよ。家庭に入って欲しかった。凛と一緒にいて欲しかったんだ」

「奥方さまだけお仕事を辞めるのでございますか？」

たまきが核心を突いた。

「うん。そう望んだ。今さらだけど、おれが馬鹿だったんだ。収入のいい女房に嫉妬《しっと》もしていたと思う」

築山は素直だった。家にいない妻に我慢できなくなった。口喧嘩《くちげんか》が絶えなくなり、やがて離婚に至った。

「そのときの女房の仕事の都合もあって、凛はおれが引き取ることになったが、条件が二つあってな」

一つ目は、月に一度、娘と会えるようにすること。これは守られている。凛は母親と仲がよく、ときには母のマンションに泊まってくるというのだ。

「今日がその日で、凜は泊まりだ」

ようやく凜がいない理由が分かった。家出ではなく、母親とすごしているのだ。

「凜さまがいらっしゃらないと、築山さまも寂しゅうございますね」

「ああ。だが、凜にとっちゃ母親だ。仲よくするのは悪いことじゃねえ」

築山は応えた。自分に言い聞かせているような口調だった。

凜がいなくて築山が寂しがっていることを除けば、一つ目の条件は問題がない。築山を悩ませているのは、二つ目の条件だった。

「凜が中学校を卒業するときに、父親と母親のどっちと暮らすか決めることになっているんだ」

十五歳は節目の年齢だ。義務教育が終わり、大人への第一歩を歩み始める。父親と母親のいずれと暮らすのか、凜本人に決めさせようというのだ。

子どもの意志を尊重するのはいいが、両親のどちらかを選ばせるのは酷だ。築山も、そのことを承知しているのだろう。自嘲《じちょう》する口調で言った。

「あいつも馬鹿な父親のせいで苦労するぜ」

苦労しているのは確かだろうが、凜はその苦労を嫌がっていないように思えた。同じことを思ったらしく、たまきが聞く。

「凜さまは、築山さまと暮らしたいのではございませんか？」

この指摘は正しいように思える。凜が今さら母親と暮らすとは思えなかった。しかし、築山は首を横に振る。

「凜のこったから、おれに気を遣うだろうが、今回ばかりは母親と暮らすほうを選ぶだろうな」

「どうしてでございますか？」

「凜の将来の夢は、弁護士なんだよ」

その台詞《せりふ》で、築山の考えていることが分かった。凜の夢を叶《かな》えるためには、弁護士である母親と一緒に暮らしたほうがいいと思っているのだろう。

「おれじゃあ勉強も教えられねえ。もう凜のほうが頭いいからな」

凜が通っているのは、有名私立中学校だ。授業のレベルも高く、築山でなくとも教えることは難しいだろう。

「でも、いいんですか？」

大地は聞いた。凜と離れ離れになってしまう。

「凜の幸せを考えたら、これしかねえだろ」

伝わってきたのは、築山の親心だった。離れ離れになろうと、娘の夢を叶えてやりたいと思っているのだ。

しんみりした気持ちになっていると、築山がさらに言った。

「別れた女房、今度、仕事でアメリカに行くんだとよ」

「異国に行かれるのでございますか？」

「ああ。それも五年の予定だってよ」

「まさか……」

「そのまさかだ。凜を連れて行きたいってさ」

「……築山さん、いいんですか？」

「いいも悪いもねえさ」

築山はそう答えた。すでに決めているのだ。凜との別れを覚悟していた。

「弁護士になるんなら、外国の学校くれえ行っておいたほうがいいだろ。おれにはよく分からねえが、国際化の時代なんだろ？」

大地にも分からないが、築山の言う通りな気がする。

「そこで大地に頼みがある」

「何でしょう？」

聞き返すと、意外な言葉が返ってきた。

「屋台を手伝ってくれねえか？」

「え？」

凜と屋台のつながりが分からなかった。

たまきが、きょとんとした顔で質問をした。

「築山さま、屋台のご商売を始められるのでございますか？」

「そうじゃねえ」

築山が首を横に振った。たまきが眉間《みけん》にしわを寄せて要求した。

「もう少し説明してくださいませ。分かりませぬ」

「ああ。そうだな。すまん」

築山が謝った。凜のことがあって、平常心ではなかったようだ。いつも以上に先走っている。

「今度、凜の学校で『春祭』って呼ばれている学園祭があってな。屋台をやることになったんだ」

やっと、少し落ち着いた様子で言った。話が見え始めた。

「その屋台を手伝ってもらえねえか？」

「部外者が、学園祭の屋台を手伝っていいんですか？」

最近は、どこも外部の人間の出入りに厳しい。ましてや、凜が通っているのは有名私立中学校だ。

「そこは大丈夫だ。おれが話をつけといた」

築山は顔が広い上に、押しが強い。

「プロに手伝ってもらうのは反則かもしれねえが、最後にいいところを凜に見せてやりたくてな」

外国に行ってしまう凜との思い出を作ろうとしているのだ。娘との思い出があれば、独りぼっちになっても生きて行ける。大地には、築山がそんなふうに考えているように思えた。

「何の屋台を出すのでございますか？」

「焼きおにぎりだ」

それが、築山の返事だった。


築山が離婚したのは、今から三年前、凜が小学校六年生のときのことだ。

娘を引き取ると決めたはいいが、仕事も忙しく、すぐに手が回らなくなった。築山は困り果てた。別れた妻を頼りたくなかったし、また頼ろうにも海外に行っていた。

そんなある日のことだ。朝食を作ろうと台所に行くと、凜が食事の支度をしていた。

「おまえ、何やってんだ？」

「見て分からない？」

凛は言い返し、面倒くさそうな口調で続けた。

「今日から、私が家事やるから」

「やるからって――」

「倒れられても迷惑だし」

築山の身体を心配してくれているのだ。

「いいよ、そんなの」

築山は言ったが、凛は聞かなかった。

「私のほうが料理上手だし。もう決めたことだから」

もちろん、いくら凛が大人びていても小学生なので、料理のレパートリーは少なかった。また、学校や塾に行かなければならなかったので時間もない。

そこで、凛がよく作ったのは、焼きおにぎりだった。残り物の冷や飯を、おにぎりにして焼くだけなので面倒が少ない。

その味を思い出しながら、築山は言った。

「思い出の料理ってやつだ。手伝ってくれるよな」

「もちろんでございます」

答えたのはたまきだが、大地も頷《うなず》いた。

学園祭の日は、ちょうど信樂食堂の定休日だった。築山も、それを知っているから話を持って来たのだろう。一日中、屋台に時間を使うことができる。

築山が帰って行った後、たまきが言ってきた。

「思い出を作るのも食堂の仕事でございます」

屋台を手伝うのはやりすぎだと思うが、たまきの言っていることは間違っていない。理屈を抜きにしても、築山の力になりたかった。

たまきが大地に頭を下げた。

「築山さまと凜さまのために、美味《おい》しい焼きおにぎりを作ってくださいませ」

二人のことが大好きなのだ。大地は頷いた。

「もちろん、そのつもり」

だが、ひっかかっている点があった。店をやっているプロとしての疑問だ。

「焼きおにぎりで繁盛するかなあ」

客は、中学生とその保護者たちだ。観光客相手とは、わけが違う。学園祭で人気が出るイメージが湧かなかった。地味ではなかろうか。

「それをどうにかするのが、大地さまでございます。大地さまなら、大人気の焼きおにぎりを作れまする」

たまきが当たり前のように言った。この娘は、大地を信じ切っていた。また、こう言われると、何とかしようと思うのが不思議だった。今までもピンチがあったが、たまきに背中を押されて乗り越えることができた。

「江戸時代も、おにぎりってあったの？」

大地は聞いた。ヒントを摑《つか》もうと思ったのだ。

「当然でございます。江戸時代どころか、平安の昔からございました」

もともとは屯食《とんじき》と呼ばれていたという。源氏物語にも載っている歴史のある食べ物だった。

「へえ」

大地は相槌《あいづち》を打ち、オーソドックスなおにぎりを思い浮かべながら聞いた。

「江戸時代のは、やっぱり海苔《のり》が巻いてあったの？」

「海苔は一般的ではございませんでした」

「じゃあ、ただ握っただけ？」

「それでは、くっついてしまいまする。お弁当になりませぬ」

言われてみれば、そうだ。おにぎりを包むラップもなかった時代のことだ。

「じゃあ、どんなおにぎり？」

「焼きおにぎりでございます」

話がつながった。そして、納得した。表面を焼いているので、おにぎり同士がくっつくことはない。火を通すことで雑菌を殺すこともできる。言われてみれば、弁当にうってつけの料理だ。

「炭火で焼いたおにぎりは、香ばしゅうございました」

たまきが、うっとりした顔をしている。こんがり焼いた焼きおにぎりは、確かに美味しい。

だが、やっぱり中学生に受けるとは思えなかった。大人と子どもの味覚は違う、また、焼きおにぎりは学園祭で食べる料理でもないと思う。もう一工夫あったほうが絶対にいい。

分かってはいるが、その工夫が難問だった。昔からあるだけに、焼きおにぎりは完成されている。下手な工夫は、蛇足になるだけだろう。

どうしたものかと考え込んでいると、また戸の開く音がして、人が店に入って来た。いらっしゃいませと言う前に、その人間が言った。

「大地ちゃん、ちょっといいかな？」

隣の豆腐屋の森福琢磨《もりふくたくま》であった。

琢磨は、森福豆腐店の跡取り息子だ。大地より二つ年上の二十八歳で、ぽっちゃりしていて愛嬌《あいきょう》のある顔立ちをしている。面倒見のいい性格ということもあって、年上からも年下からも好かれている。

子どものころから家業をよく手伝い、商店街では、豆腐屋の孝行息子としても知られている。常連客には「二代目」と呼ばれている。本人も、それを嫌がっている様子はなかった。

信樂食堂の常連ではあったが、こんな時間に来るのは珍しい。

「どうかしたんですか？」

大地が聞くと、琢磨が話し始めた。

「今度、店にお惣菜《そうざい》を置こうと思ってね」

商売熱心であった。少しでも売上げを伸ばそうと、日々、努力をしていた。料理も上手だった。

「作ってみたんだけど、味見を頼めるかなあ」

それが、琢磨の用事だった。店の営業の邪魔にならないように、食堂が終わるのを待っていたようだ。そして、こんなとき、たまきは絶対に断らない。

「お任せください。超得意でございます」

早くも箸《はし》を持っている。食べる気いっぱいだ。期待に満ちた声で、琢磨に聞く。

「何を作ったのでございますか？」

「コロッケだよ」

「お豆腐屋さんにコロッケさまを置くのでございますか？」

「うん。そういうこと」

琢磨が、にんまりと笑った。ただのコロッケではないようだ。

「おからコロッケってやつ？」

「いや、違う」

「では、お豆腐コロッケさまでございますか？」

「それも外れ」

大地とたまきの質問に首を横に振り、いたずらっぽい顔で言った。

「じゃがいものコロッケだよ」

「お豆腐屋さんで普通のコロッケさまを売るのでございますか？」

たまきが首を傾げる。大地も不思議だった。コロッケを置いてある豆腐屋があってもいいが、森福豆腐店は豆腐にこだわった店だ。琢磨が、ただのコロッケを置くとは思えない。

「とにかく食べてみてよ。できたてを味見して欲しいから、うちまで来てくれるかな」

琢磨が食堂の外を指差した。森福豆腐店は、すぐ隣だ。歩いて一分もかからない。料理を持って来るより行ったほうが早いのは確かだ。

「味見のためなら、どこにでも参ります」

たまきが、きっぱりと答えた。

豆腐屋は朝早い商売だ。日が昇り切らないうちから、一日が始まる。両親は寝てしまったらしく、店には琢磨一人しかいなかった。

「ちょっと待っててね」

大地とたまきを店先に置いて、厨房《ちゅうぼう》に入っていった。朝から働いているだろうに、琢磨は元気だった。豆腐を作るために生まれて来たような顔で働いている。

「どんなコロッケさまが出てくるのでございましょうか？」

たまきが、わくわくしている。琢磨に負けず元気だ。この娘は、味見をするために生まれて来たのかもしれない。

「さあ。どんなコロッケだろうね」

大地は答えた。想像も付かなかったが、意外と普通のコロッケが出てくるような気もしていた。

すでに、ある程度まで作ってあったのだろう。琢磨が皿を持って出て来た。

「お待たせ」

元気よく言って、料理が盛られた皿をテーブルに置いた。

たまきがそれを凝視し、大地に知らせるように叫んだ。

「油揚げさまでございますっ！」

ぷっくらと膨らんだ油揚げが皿に並んでいた。たまきが首を傾げて質問する。

「コロッケさまと伺ったと思いまするが、わたくしの聞き間違いだったのでございましょうか？」

「いや、合ってるよ。これ、コロッケだもん」

「コロッケ？　これが？」

大地も聞き返した。琢磨の持ってきた料理は、コロッケ要素が一つもなかった。

「うん。説明は後にして、熱いうちに食べてみてよ」

「御意にございますっ！」

そう答えたのは、たまきである。うれしそうな顔で、琢磨に聞き返した。

「全部、いただいてもよろしいのでございましょうか？」

「……いや、大地ちゃんにも食べて欲しいから。半分ずつにしてくれるかなあ」

「仕方ありませぬ。大地さま、少しだけあげまする」

不本意そうに言ったのだった。「半分ずつ」が「少しだけ」になっている。しかも、恩着せがましい。

「あのねえ——」

一言言ってやろうとしたが、琢磨が仲裁するように割り込んできた。

「今、取り分けるから。仲よく食べてね」

「あい！」

たまきが返事をしたが、視線は油揚げに注がれていた。早く食べたいと顔に書いてある。

「とりあえず、一つずつ」

琢磨が油揚げを取り分けてくれた。大地とたまきに小皿を渡して、食べ方に注文をつけた。

「最初は何もかけないで食べてみて。醬油《しょうゆ》も抜きで」

「了解でございます」

たまきは素直だ。箸と小皿を手に持ち、いつもの台詞《せりふ》を言った。

「では、実食」

ぐずぐずしていると、たまきに横取りされてしまう。大地は、油揚げに箸を伸ばした。つまむと、ずっしりと重かった。その時点で、おおよその料理の正体が分かった。

「琢磨さん、これは――」

食べる前に指摘しようとしたが、たまきに台詞を横取りされた。

「油揚げさまの中に、コロッケどのが入っておられますっ！」

コロッケの敬称が変わったが、深い意味はないだろう。たまきの皿を見ると、空だった。すでに食べ終えている。

「油揚げがサクサクして、中身はホクホクしておりましたっ！」

報告するように言った。感想を伝えるのはいいが、テンションが高すぎる。

「たまき、迷惑だよ。大声を出しちゃ駄目」

注意すると、たまきがしゅんとした。

「すみませぬ」

「大丈夫」

やさしく言ったのは琢磨だ。

「それくらいの声なら大丈夫だよ。一応、防音してあるから」

朝早くから作業をするから、近所に気を遣っているのだ。豆腐屋ほど朝早くないが、うちにはたまきがいる。苦情が来る前に、信樂食堂も防音にしたほうがいいだろうかと思いながら、大地は油揚げコロッケを食べた。

「……旨《うま》い」

油揚げはこんがりと焼かれていて香ばしい。中身はじゃがいも、玉ねぎ、にんじん、豚ひき、それに少量のバターが入っていた。味のバランスがよく、野菜がたまきの言うように、ホクホクと甘かった。

「袋焼きにコロッケの具材を入れたんですね」

「正解」

琢磨が、にっこりと笑った。袋焼きとは、半分に切った油揚げに具材を詰めて焼く料理だ。油揚げに何を詰めるかは自由で、納豆やチーズ、たまごの黄身など色々なバリエーションがある。

「琢磨さまは、あいでぃあまんでございまする」

たまきの言う通りだ。前にも、大豆のからあげを作ったことがある。

だが、まだ褒めるのは早かった。琢磨の作った料理は、他にもあった。

「もう一品、あるんだ」

琢磨が厨房に行き、新しい皿を持ってきた。

「今度は、普通のコロッケさまでございます」

たまきが、すかさず反応する。確かに、パン粉を塗《まぶ》した一般的なコロッケに見えた。

「よく見てよ」

琢磨が笑いながら、再び取り分けてくれた。

大地は受け取り、じっと見た。そして工夫に気づいた。

「油揚げをひっくり返したんですね……」

「正解」

琢磨が頷《うなず》き、中濃ソースをかけた。キツネ色の衣に、とろりとしたソースをかけると、ますますコロッケにしか見えない。

「油揚げをひっくり返して具材を詰める。それをフライパンで丁寧に焼くと、コロッケそっくりになるんだよ」

こともなげに言うが、コロッケに似せるように焼くのは簡単ではなかろう。焼き加減だけでなく、油揚げの品質もかかわってくる。

「琢磨さま、そっくりコロッケ王子でございます」

たまきが言った。よく分からないが、とりあえず褒めているようだ。

「ただのパクりだよ」

ネットや料理本で類似のコロッケは紹介されているという。まあ、油揚げを引っくり返すのは、大昔からある調理法だ。

「おれ、物真似しかできないから」

琢磨は言うが、たいていの料理は物真似から始まる。この油揚げコロッケにしても元ネタはあるだろうが、琢磨は油揚げから作っている。素人には絶対に真似できない。森福豆腐店のオリジナルと言っていいだろう。

「こっちも食べてみてよ」

「あい」

二つ返事で、たまきが食べ始めた。大地もソースのかかった油揚げコロッケに箸《はし》を伸ばした。桜飯を食べた上に二つ目だが、普通のコロッケのように油で揚げていないので、食感が軽く、くどくない。

じゃがいも、玉ねぎ、にんじん、豚ひきが入っていた。バターと塩胡椒《しおこしょう》の風味を感じた。

じゃがいもの甘さを中濃ソースがよく引き立てている。何よりも油揚げの味がいい。きめが細かく大豆の甘さをしっかりと感じる。

「星三つでございます」

たまきが絶賛した。満点であった。大地も異存はない。

「これは売れると思うよ。チーズを入れてもいいし、カレー味にしてもいい。じゃがいもを入れずにメンチカツにしてもいいんじゃないかな」

そう言ったとたん、自分の言葉にはっとした。焼きおにぎりのアイディアが思い浮かんだのだった。

「これだっ！」

思わず大地は大声を上げた。たまきのことを注意しておきながら叫んでしまった。

「大地さま、近所迷惑でございまする」

「あ……。うん。ごめん」

たまきに頭を下げたが、アイディアが思い浮かんだ興奮は収まらない。今すぐにでも料理を始めたくなった。

「琢磨さん、ありがとう」

手を握ってお礼を言うと、琢磨がきょとんとした顔になった。

「え……？　うん。何だかよく分かんないけど……」

これで春祭の屋台は大丈夫だろう。大地は小さく拳《こぶし》を握った。

✿

あっという間に、学園祭の日がやって来た。父に留守番を頼み、たまきと凜の学校を訪れた。

「大地さんに頼むなんて、何考えてんのよ」

知らなかったらしく、凜が築山に食ってかかった。保護者の出し物なので、生徒には秘密にしていたようだ。そうでなくとも親子の会話が少なくなる年ごろである。

ちなみに、プロの料理人だからだろう。大地とたまき、築山で屋台を一つ任されていた。凜はその手伝いだ。

「いつだって自分勝手で迷惑なんだから」

凜の口撃は続く。築山は言い返せない。娘のほうが口が達者だった。放っておいたら、築山がボロボロにされてしまう。大地は、たまきと救出に入った。

「ちゃんとアルバイト料もらったから」

「あい。たっぷりもらいました」

仲裁するための嘘ではない。断ったのだが、築山はアルバイト料を——それも気前のいい金額を押し付けるように渡したのだった。

「だったら、いいけど」

凜は矛を収めた。本気で怒っていたわけではないようだ。学園祭を楽しみにしていたのだろう。

「大地さんがいるんなら、大繁盛間違いなしね」

「あい。行列ができること、間違いなしでございます」

たまきが請け負った。言葉にはしなかったが、大地もそう思っていた。

✿

だが、甘かった。その見込みは甘すぎた。学園祭が始まって一時間もすると、それが分かった。

「閑古鳥が鳴いております」

たまきが嘆いた。客が来ないのだ。通りかかって凜に声をかける同級生らしき中学生はいるが、焼きおにぎりを買おうとしない。売上げがまったくなかった。

築山が焦り出した。いきなり屋台の前に飛び出して客引きを始めた。

「そこの兄ちゃん、焼きおにぎり食わねえかい？　安くするぜ」

「い……いえ。だ、大丈夫です。すみません！」

走り去るように逃げてしまった。築山に悪気はないのだろうが、有名私立中学生の生徒相手に柄が悪すぎる。さらに客が近寄って来なくなり、立入禁止区域のように、ひとけがなくなってしまった。

「どうするのよ、これ……」

閑散とした屋台の周囲を見て、凜が途方に暮れた顔をした。

「大地さん。どうにかしないと……」

まずい状況なのは分かってはいるが、どうしていいのか分からなかった。大地にしても、ここまで客が来ないのは想定外だった。

「客を捕まえてくる」

責任を感じたらしく築山が行こうとするが、凜が止めた。

「やめてよ」

「ど……どうして？」

「強引な客引きは禁止されているから」

中学校の学園祭なのだから当然だろう。

「私が怒られるんだからね。絶対、笑われるし」

「……すまん」

築山がしょんぼりしている。このままでは、いい思い出を作るどころか、悪夢の学園祭になってしまう。何とかしなければまずい。分かってはいるが、打開策は思い浮かばない。大地も築山も、機転の利く方ではなかった。

考えこんでいると、たまきが屋台の前に進み出た。

「お楽しみはこれからでございます」

自信たっぷりに、どこかで聞いたような台詞《せりふ》を言ったのであった。

「これからって……」

屋台は瀕死《ひんし》の状態だ。店ならば、倒産寸前である。

「今度は、たまきちゃんが客引きするの？」

凛が聞くと、たまきは首を横に振った。

「わたくしは、いたしませぬ」

「え？　わたくしは？」

「あい。助太刀を頼みました」

そう言って、遠くを指差した。視線を向けると、二人の男がこっちに歩いて来ようとしていた。

「あの二人は……」

思わず呟《つぶや》いた。大地のよく知っている顔だったからだ。食堂の常連でもある。

一人は髪を茶色に染め、派手なジャケットを着ている。かなりの二枚目だが、目立っているのはもう一人のほうだった。髪を剃《そ》り上げて袈裟《けさ》を着ている。ファッションでやっているのではない。

「学《まなぶ》さんと朋也《ともや》くん……」

大地は、二人の名前を口にした。里中《さとなか》家の兄弟——たまきが呼んだのは、寺のイケメン兄弟だった。

✿

信樂食堂から歩いて十分のところにある蓮青寺《れんしょうじ》は、いわゆる檀家寺《だんかでら》だ。信樂家は、代々、世話になっている。葬式も法事もやってもらったし、大地の母も蓮青寺の墓地に眠っている。

里中学、二十八歳。

僧侶《そうりょ》らしく剃髪《ていはつ》し、眼鏡をかけているが、目鼻立ちは人形のように整っており、川越一の美僧と呼ばれている。若くして、すでに寺を切り盛りしていた。両親は健在だが、学に寺を任せて温泉だの海外旅行だのと遊び回っているという。控え目に言って、孝行息子であった。

寺にかぎらず代替わりは苦労するものだ。特に、学はまだ二十代である。若すぎると文句が出そうなものだが、僧侶になるために生まれてきたような真面目な性格もあり、地元の年寄りたちから絶大な信用を得ていた。

ただ、真面目すぎるきらいはあった。「真面目くん」というのが、子どものころからの渾名《あだな》だ。酒も呑《の》まず、肉も食べない。

里中朋也、二十一歳。

仏教系の大学に通う次男坊だ。学と似て二枚目だが、性格は正反対で、茶髪の似合う「チャラ男くん」であった。酒も呑むし、肉も食べる。趣味はナンパだった。

兄の学が僧衣を着ているのに、朋也は派手なデザインのお洒落《しゃれ》ジャケットを着ていた。しかも、それがよく似合っていた。モデルのように決まっている。

それに加えて、今日は縦長のソフトケースを背負っていた。何が入っているのか分からないが、高そうに見える。

水と油のような兄弟だが、仲はよかった。朋也は子どものころから「お兄ちゃん大好きっ子」で、大人になった今でも金魚のフンのようについて回っている。

その里中兄弟が、凜の学園祭に現れたのだった。

「どうして、ここに……？」

首を傾げる大地をよそに、朋也がいつもの調子で言った。

「中学校って懐かしいね」

「なんぱしないのでございますか？」

たまきも、いつもの調子で聞き返した。学校なのだから当たり前だが、女子中学生がそこら中にいる。女の子が大好きな朋也のことだから、ナンパすると思ったのだろう。だが、朋也は首を横に振った。

「二十歳すぎの大人が、中学生をナンパしたら犯罪じゃん。冗談でも、そういうことは言わないほうがいいよ」

見かけはチャラいが、朋也は遊び人ではなかった。たまきの百倍は常識がある。そのあたりは、やっぱり寺の息子だ。

「あい。了解いたしました」

もの分かりよく頷《うなず》き、今度は学に向き直った。

「どうして袈裟を着ていらっしゃるのですか？」

「僧侶ですから」

学が答えた。返事になっていないような気もするが、誰もが納得した。学は、いつも袈裟か作務衣《さむえ》を着ている。大地は、彼の私服姿を見たことがなかった。

「たまきが呼んだの？」

「あい。助太刀をお願いいたしました」

当たり前のように頷いたのだった。僧侶に学園祭の屋台の手伝いを頼むのは、たまきくらいのものだろう。

それはともかく、来てもらったはいいが、問題があった。

「助太刀って、客いないんだけど」

凜が申し訳なさそうに言った。全員が暇を持て余していた。やることがない。

「客がいないから手伝うんじゃん」

朋也は当たり前のように言い、それから、気合いを入れるように腕まくりをした。

その様子を見て、大地は聞いた。

「もしかして、呼び込みとかするつもり？」

「まあ、そんなところ」

朋也は頷き、背負っていた縦長のソフトケースを下ろした。何を始めるつもりかとみていると、朋也がファスナーを開けた。

ソフトケースの中には、なんと、三味線と撥《ばち》が入っていた。予想外すぎる展開だ。朋也はそれを組み立て、べベンと鳴らした。

「朋也くん、三味線を弾けるの？」

「うん。楽器できると、モテるから」

分かりやすい理由だった。自分で呼んだくせに、たまきは何も知らなかったらしく、驚いた顔で朋也に質問をした。

「三味線を演奏して客寄せするのでございますか？」

「四十三点」

朋也が答えた。微妙な点数だが、たまきは負けない。

「つまり満点でございますね」

そう言い放ったのだった。四十三点満点のテストなど聞いたことがない。たまきは、鬼のように前向きで自己肯定感が高い。

「まあ、いいや。すぐ分かるから見ててくれる」

「あい」

たまきは屋台に引っ込んだ。空気の読めないところはあるが、言われれば素直に従う。他人の邪魔をしない娘だった。

「じゃあ、始めるよ」

朋也が三味線を弾き始めた。最初はゆっくりとした弾き方だったが、徐々にテンポを上げて、激しく強い音になった。まるでロックだ。素人離れしていた。

「すげえ上手《うま》い……」

築山が呟いた。朋也にこんな特技があるとは思っていなかったのだろう。大地も驚いたし、たまきや凛もポカンとした顔で朋也を見ている。

だが、唖然《あぜん》とするのはこれからだった。びっくりするのは早かった。学が歌い出したのであった。

観自在菩薩
行深般若波羅蜜多時
照見五蘊皆空
度一切苦厄
舎利子
色不異空
空不異色
色即是空
空即是色……

それは、般若心経であった。

般若心経は、古くから日本の在家《ざいけ》信者にも読誦《どくじゅ》されている仏典の一つだ。「色即是空・空即是色」の名句は広く知られている。

学の歌っているのは、『般若心経三味線ロックバージョン』とでも言うべきものだろうか。激しくも、どこか儚《はかな》い三味線のリズムに乗って般若心経を歌い上げていく。学の歌声は、力強かった。

ちなみに、般若心経のアレンジは多く存在し、ロックのリズムで歌うことは珍しくはない。仏教系の高校や大学の学園祭ではよくあるパフォーマンスだとも聞く。一般にも広まっていて、ユーチューブで検索するとたくさん出てくる。

だが、動画と生演奏では迫力が違う。また学と朋也のイケメンぶりも注目を集めていた。読経で鍛えた学の声は遠くまで通る。一人また一人と集まり始めて、みるみるうちに野外コンサートの会場ほどの人だかりができた。

「二人ともすげえな……」

客寄せに失敗した築山が呟《つぶや》いた。その場にいる誰もがそう思ったが、たまきが強い口調で否定した。

「二人ではございませぬっ！　お楽しみは始まったばかりでございまする！」

意味ありげな台詞《せりふ》だった。

何が言いたいのだろうかと娘を見ると、芝居がかった仕草で校門のほうを指差していた。

「あちらをご覧くださいませ。助太刀は、もう一人おりまする」

たまきが宣言するように言うと、パフォーマンス中の学と朋也を除く全員が、校門のほうを見た。

「……嘘」

凜の口から零《こぼ》れ落ちた。驚きすぎて、目が点になっている。人影が――たまきの呼んだもう一人の助太刀が、ゆっくりとこっちに歩いてくる。近くを歩くすべての人間が、彼を見ていた。誰もが凜と同じように、目を点にしている。

その男は歩きながら笑顔を振り撒《ま》き、キラリと歯を輝かせていた。歯みがきグッズのコマーシャルのようだ。一般人にはないオーラを発して、周囲に呼びかけている。

「やあ、みんな！　楽しんでるかい？」

青春ドラマに出てきそうな台詞だ。また、それが似合っていた。こんな人間は一人しか知らない。だが、なぜ、彼がここに来たのか分からない。大地は、たまきに聞いた。

「……泰河さんを呼んだの？」

「あい。からあげ王子に助太刀をお願いいたしました」

中学生の学園祭に、芸能人を呼んだのであった。

江戸料理に詳しく、食い意地の張っているたまきだが、もう一つ特殊能力を持っていた。

抜群のコミュ力《りょく》。

人見知りをせず、遠慮も知らないたまきは、誰とでも仲よくなることができた。その能力を発揮し、いつの間にか櫻坂泰河の連絡先を入手していたのだった。

昼の帯番組に出ている泰河は、知名度抜群の芸能人だ。すでに悲鳴にも似た歓声が上がり始めていた。スマホで写真や動画を撮っている者もいる。

呼ぶほうも呼ぶほうなら、来る泰河も泰河だ。自分が芸能人だという自覚がないのだろうか？　しかも、食堂に来たときと違い、芸能人オーラを全開にしている。テレビに出ているときと、同じキャラになりきっていた。

こんなところに人気芸能人が現れたら、パニックになる。心配する大地をよそに、泰河は落ち着いていていた。

「今日はオフなんだ。写真はいいけど、みんなに迷惑がかかるから大声は出さないでね。怒られちゃうからさ。王子からのお・ね・が・い。聞いてくれないと、からあげみたいに食べちゃうよ」

嬌声《きょうせい》が上がったが、すぐに静かになった。まるで魔法をかけたみたいに静かになったのだった。たいしたことは言っていないのに、誰も逆らわない。口に手を当てて、声を出さないようにしているギャラリーまでいる。ロケ番組を何年もやっているだけあって、ギャラリーを従わせる力を持っていた。

その泰河が、屋台に近づいてきて言った。

「大地ちゃん、たまきちゃん、手伝うよ」

芸能人テンションではなく、まるで友達に話しかけるようなしゃべり方だった。凜と築山が、驚きすぎて口をあんぐりと開けている。大地とたまきに、芸能人の知り合いがいることに驚いているのだ。

そんな空気の中、たまきが泰河に命じた。

「お客さまに、焼きおにぎりどのを渡す係をやってくださいませ」

「おにぎりどのね」

「今日だけは、焼きおにぎり王子になってくださいませ」

「もう王子っていう年齢じゃないんだけど」

「がんばれば大丈夫でございます」

「そっか。大丈夫か。正直、何をがんばればよくて、何が大丈夫なのか分からないけど、とりあえずやってみるよ」

「期待しております る」

妙に息が合っている。泰河もそう思ったのか、こんなことを言い出した。

「たまきちゃん、ぼくの番組でアシスタントやらない？」

「か、か、革命を起こすのでございますかっ⁉」

「……もしかして、レジスタントと間違えてる？」

「横文字は難しゅうございます」

たまきが真面目な顔で答えると、どっと笑いが起こった。いつものたまきの会話だが、客に受けている。

その笑い声と般若心経ロックに誘われるように、さらに客が増えた。これだけ派手にやっているのだから当然だが、テレビの収録と勘違いしている者もいるようだ。

人だかりに圧倒されていると、たまきが言ってきた。

「大地さま、今こそ商売時《あきないどき》でございます！」

その通りだ。呆気《あっけ》に取られている場合ではない。焼き立てを食べて欲しいので、注文があってから焼くつもりでいたが、においも味のうちだ。大地は焼き始めた。

すぐに、においが漂い始めた。ただし米の焼けるにおいではない。泰河が鼻をひくひくさせながら聞いてきた。

「肉巻きおにぎりか？」

「はい。信樂食堂特製の肉巻きです」

それが、大地の工夫した料理だった。

醤油《しょうゆ》ベースのタレに漬け込んだ豚肉をおにぎりに巻いて焼き上げる。肉巻きおにぎりの基本的なレシピだ。

宮崎県発祥のご当地グルメだが、テレビや雑誌、ネットで取り上げられるたびにファンを増やし、今では全国的な人気メニューになっている。弁当に入れられることも多かった。

各家庭に広まった分だけ、いろいろなレシピが考案されている。大地は一口サイズの俵型のおにぎりを肉で巻いた。小さいほうが食べやすいだろうと思ったからだし、それに加えて、まだ誰にも言っていない大地なりの工夫があった。

その工夫を披露するより早く、人だかりから声が上がった。

「美味《おい》しそうっ！」

「一つくださいっ！」

「こっちは、三つ！」

思っていた通りだ。中学生に肉料理は受けがよかった。保護者と思われる大人たちも、興味深そうに屋台を見ている。

「大地さま、大繁盛でございまする」

たまきがうれしそうに言ったが、まだ序の口だ。肉を巻いただけの料理ではない。

大地は注文を受けずに言葉を返した。

「当店の肉巻きおにぎりは、三種類あります。どれにいたしましょうか？」

「何でございますとっ!?」

叫んだのは、たまきだ。作っているところを見ていたくせに、驚いた顔をしている。サクラになるつもりで、わざとやっていると思いたいところだが、天然のたまきだけに忘れてしまったこともあり得る。

客からも疑問の声が上がった。

「三種類って、どういう味があるの？」

「それはですね――」

大地が説明しようとしたとき、芸能人モードの泰河が口を挟んだ。

「肉巻きの王さまかどうか、ぼくが食べてみるよ。三種類全部、プリーズ！」

「わたくしも食べますする」

尻馬《しりうま》に乗ったのは、もちろんたまきである。大地が返事をするより先に、二人がお金を出した。泰河はともかく、たまきまでが決め顔だった。

「じゃあ、それぞれ一つずつ」

三種類の肉巻きおにぎりを渡すと、二人に釘《くぎ》を刺された。

「まずかったら、まずいって言うからね」

「わたくしもでございます」

「もちろんです。どうぞ召し上がってください」

大地はきっぱりと言った。余計な忖度《そんたく》はいらない。

「じゃあ、食べるよ」

「あい」

二人は言葉を交わし、打ち合わせしてあったかのように声をそろえた。

「実食」


百人近いギャラリーが見守る中、たまきと泰河が肉巻きおにぎりを食べ始めた。

三つもあるが、一つ一つは小さい。どれも一口か二口で食べ終わる大きさだ。

一つ目の肉巻きおにぎりを食べ終えて、泰河が感想を言った。

「オーソドックスな肉巻きおにぎりだね。甘辛いタレが豚肉によく絡んで、う・ま・

い！」

「あい。特に豚肉さまが美味しゅうございます。とろけるほど柔らかく、お肉の臭みがまったくありませぬ」

それは、大地の手柄ではなかった。

「小江戸黒豚を使ったからだよ」と正直に言った。

川越産のブランド豚だ。川越の特産品であるサツマイモなど高品質の餌を与えることにより、黒豚の持つ旨《うま》みを最大限に引き出している。柔らかく臭みのない肉質は、どんな料理にもよく合った。ちなみに、川越に行くと、小江戸黒豚で作られたソーセージやハムを買うことができる。

「あと二種類あるってことは――」

泰河が考え込むように呟《つぶや》き、それから、ポンと手を打った。

「他の肉巻きおにぎりには、チーズや高菜が入ってるんだね？」

さすがは食レポで鳴らしているだけはある。チーズや高菜の入った肉巻きおにぎりは定番だ。味もよく、間違いのないアレンジと言える。

だが、大地の作った肉巻きおにぎりには、それらは入っていない。どこでも食べられるものは避けた。

「少し違うものを入れてあります」

「それは、楽しみだ。期待しちゃうよな、たまきちゃん」

「あい！　王子！」

相変わらずの阿吽《あうん》の呼吸だった。

「二つ目、食べるぞ」

「御意にござりまする」

二人同時に二つ目の肉巻きを食べた。その瞬間、表情が変わった。驚いた顔で咀嚼《そしやく》し、ごくりと飲み込んでから、たまきが叫んだ。

「なんと、茹でたまごさまでございますっ！　茹でたまごさまが、まるごと入っております！」

「うずらのたまごを入れたの？」

そう聞いたのは、凜だった。信樂食堂で下準備をし、屋台では焼くだけの状態にしてあるので、凜も肉巻きの正体を知らなかった。

「いや、普通の鶏卵だよ」

大地は、新しく焼いた肉巻きを包丁で切って見せた。すると、凜が目を丸くした。

「ごはんが入ってない!?」

大地が作ったのは、厳密には肉巻きおにぎりではない。茹でたまごの豚肉巻きと呼ぶべき食べ物だった。半熟たまごに、砂糖と醬油の甘辛いタレで味付けした黒豚を巻いて焼き上げたものだ。こちらも弁当の人気メニューとして知られている。

「う・ま・い！　この旨さ、王さま級だね！」

泰河が『からあげ王子のグルメ散歩』での決め台詞《ぜりふ》を口にした。

ギャラリーが盛り上がった。たまきが落ち着いた声で感想を加えた。

「煮たまごさまと角煮さまの味わいでございます。とろりとした黄身さまが最高に美味しゅうございまする」

「うむ。その通りだ」

泰河が、たまきにキャラを合わせた。芸達者であった。

「星三つだな」

「異存はございませぬ」

「じゃあ決まりだ」

「あい。星三つ、いただきました！」

相変わらず食レポのような感想だ。無駄にテンポがいい。集まった客たちが、テレビのロケを見るように二人を見ている。

注目を浴びようと、たまきと泰河はますます調子に乗った。

「王子、残り一つでございます」

「町娘、心して食べようぞ」

これでは王子ではなく、若殿だ。

「あい」

たまきと泰河のコンビが、最後の肉巻きに手を伸ばした。タイミングを合わせたかのように、二人同時にパクリと食べた。

「ははは、ははは」

泰河が笑い出したのであった。芸能人だからか、リアクションが大きい。その場にいる全員が、突然の笑い声に驚いている。

ギャラリーを代表するように、大地は聞いた。

「どうかしました？」

「いや、ごめん。美味しすぎて笑っちゃった。この味、面白すぎるよ。もう一個、くれる？」

「大地さま、わたくしにもくださいませ」

泰河も、たまきも素に戻っている。大地がおかわりを渡すと、二人そろって肉巻きを食べ始めた。

これだけ客が集まっているのに、肉巻きの食レポをしようとしない。ひたすら食べている。ギャラリーが集まっている中、それはそれで困ってしまう。空気を読める凛が、泰河とたまきに聞いた。

「何が入っていたんですか？」

「サツマイモ。ごはんの代わりに、蒸したサツマイモが入ってる」

「その通りでございます」

場がざわついた。泰河とたまきが、はっとした顔になった。ギャラリーの視線を集めていたことを、今さら思い出したようだ。

「この美味しさ、王さま級だね！」

「あい！　屋台のほーむらん王でございます！」

慌てた様子で、決め台詞を言ったのだった。

大地がこの料理を思いついたきっかけは、琢磨の油揚げコロッケだった。油揚げの代わりに、豚肉で包んでみようと思ったのだ。試してみると、

「まさかの美味しさでございます」

たまきだけでなく作った本人も驚いた。豚肉とサツマイモは、驚くほど相性がよかった。

だが考えてみれば、サツマイモを食べて育てられた黒豚だ。相性がいいのは当然なのかもしれない。

「サツマイモの甘さが、豚肉の脂と醬油《しょうゆ》タレと絡んで、口の中で混じり合う。超王さ

ま級の旨さになってるよ」

超王さま級という言葉の意味は分からないが、とにかく気に入ってくれたようだ。芸能人のおすすめの言葉を聞いて、客たちがゴクリと喉《のど》を鳴らした。

「大地さん、おれにもくれる？」

そう言ったのは、朋也だった。いつの間にか演奏を中断し、学と一緒に屋台をのぞき込んでいる。

「ええ。どうぞ」

肉巻きサツマイモを渡してやると、一口で食べてしまった。たまきほどではないが、朋也も食欲旺盛《おうせい》だ。

「やべえ。旨すぎ。兄ちゃんも食べたら？」

「いや、私は肉は食しません」

学は昔ながらの決まりを守っている。ちなみに、現在では僧侶《そうりょ》の肉食は禁じられていないので、食べないほうが珍しいらしい。普通であれば場がしらけるところだが、学はそつがなかった。

「戒律を破りそうになるくらい美味《おい》しそうではありますが」

と、付け加えたのだった。屋台の宣伝を忘れない。その台詞が、ただでさえ飢餓状態の客たちに火をつけた。

「こ、こっちにもください」

「私も！」

「ぼくも！」

注文が殺到した。肉巻きサツマイモだけでなく、肉巻きおにぎり、肉巻き茹《ゆ》でたまごも飛ぶように売れた。

その熱気に誘われるように、さらに新しい客が集まってきた。中学校を訪れているすべての人間が集まって来たような騒ぎだった。

「大繁盛でございます！」

たまきが叫んだが、それさえ注文の声に掻《か》き消された。


大繁盛のまま屋台の時間が終わった。

学と朋也の兄弟、それに泰河は帰って行った。アルバイト料を払おうとしたが、断られている。一円も払わずに、片付けまで手伝わせてはならない。また、学や泰河は忙しい身だ。

「さすが大地さんとたまきちゃんね」

凜は上機嫌だった。この屋台が、学園祭で一番人気だったようだ。イケメン僧侶兄弟とアイドルが客寄せをしたのだから、当然と言えば当然なのだが。

「あい。肉巻き王子と肉巻き町娘でございます」

たまきは謙遜《けんそん》しない。しかも、まだ、そのギャグを続けるつもりらしい。いや、ギャグではなく真剣に言っているのか。

いずれにせよ屋台は大成功だったが、築山の問題は解決していなかった。

「それに比べて、お父さんは役に立たないわねえ」

凜が矛先を向けた。思春期の娘は、父親に対して辛辣《しんらつ》だった。

「役立たずではございませぬっ！」

たまきが憤然と築山の味方をする。学校中に響き渡るような大声で言った。

「ちゃんと存在を消しておりましたっ！」

むしろ敵だった。

確かに、客引きで失敗してから、まるで存在感がなかった。イケメン僧侶兄弟や泰河が強烈すぎたということもあるのだが、どこにいたのか記憶さえない。

「凜さま、お父さまのことを悪く言ってはなりませぬ。枯れ木も山の賑《にぎ》わいでございます」

諭すような口調である。たまきのほうが悪く言っている気がするが、本人は気づいていないようだ。

「だって本当のことだもん」

「本当のことを言わないのが、やさしさでございます」

なかなかの名言だが、築山本人の前で発するべき台詞《せりふ》ではあるまい。役立たずだと言ったも同じだ。

「おい、たまき――」

止めようと思ったが、たまきは止まらない。ブレーキが壊れていた。

「築山さまは、凜さまとの最後の思い出を作ろうと――」

秘密にしてきたことを言ってしまったのであった。

凜が、たまきの言葉を遮って聞き返した。

「えっ？　最後の思い出？　何それ？」

たまきが黙り、沈黙があった。さすがにまずいと思ったのか、たまきが取り消した。

「……言ってはならないことでございました。凜さま、今の発言は忘れてくださいませ。かっとでございます」

テレビではないので、カットするのは無理だ。そして、凜は勘がいい。瞬時に見破られた。

「お父さん、お母さんのことを話したのね」

築山がたじろぎながら、中学生の娘に言葉を返す。

「だ……だって、おまえ。海外に行くんなら、大地たちにも言っておいたほうがいいだろ」

「海外？　どうして、私が外国に行くのよ？」

「どうしてって……」

「もしかして、お母さんと一緒に暮らすと思ったの？」

「おまえ、弁護士になりたいって……」

「そりゃあ、なるつもりよ」

「だったら――」

「あのね。お父さん」

凜が説明口調になった。できの悪い子どもに言い聞かせる口調だ。

「私は、日本の弁護士になりたいの。日本の高校を出て、日本の大学に行くつもり。外国に行くつもりなんか、これっぽっちもないから。……お父さんと離れるつもりなんかないんだから」

最後の一言は小声だった。しかし、凜の本音だろう。

「……それでいいのか？」

築山がさぐるように聞くと、凜が大きく頷《うなず》いた。

「うん。お母さんも賛成してくれたから」

父親は蚊帳《かや》の外だったようだ。それでも築山は怒らず、「そうか」と安心したように呟《つぶや》いた。これからも凜と暮らせると思ったのだろう。築山の表情が穏やかになった。

そして、父娘の会話が始まった。

「私、川越で弁護士をやるの」

「そりゃあ、いい。地元が一番だもんな」

「うん。外国に行けばいいってわけじゃないから」

「まったくだ。凜はよく分かってるな」

「お父さんも手伝ってね」

「おれ？　おれに弁護士の仕事なんか手伝えるのかなあ。困ったなあ。いや、困った。困った」

そう言いながら、築山はうれしそうだ。頬が緩んでいた。

ここまでは和やかだった。春の日射しを浴びているように穏やかな雰囲気だった。

その空気を一変させたのは、次の凜の一言だった。

「それでね。弁護士になったら大地さんと結婚して、この町で暮らすの」

「……ん？」

「いい考えだと思わない？」

「――ちょっと待て」

築山の表情が変わった。不良が眼《がん》を飛ばすような顔をして低い声で娘の話を遮り、やにわに大地の肩に手をまわした。そして、屋台から少し離れたところに移動した。

嫌な予感しかしなかった。助けを乞《こ》うようにたまきを見ると、ごゆっくりという顔で手を振っていた。

誰にも助けてもらえない大地の肩に手をまわしたまま、築山が押し殺した声で聞いてきた。

「おまえ、凛と結婚するのか？」

「け、結婚だなんて、ま……まさか」

凛は中学生だ。好き嫌い以前に、その発想はない。あるはずがなかった。

そんな大地の返事を聞いて、築山がさらに誤解した。

「その気もないのに、凛をその気にさせたのかっ⁉」

怒鳴り声だった。目が血走っている。今にも血管が切れそうな顔をしている。このままでは、絶対にまずい。

「築山さん、そうじゃなくて――」

大地が築山を落ち着かせようとしたときだ。凛が口を挟んだ。

「お父さんには関係ないでしょ！　私の大地さんに触らないで！　愛し合っている二

人の邪魔をしないで！」

「私の大地さん⁉　あ、あ、愛し合ってる⁉　……いつだ？　いつ、どこで愛し合った⁉　どうやって愛し合った⁉　ゆ、許さんっ！　――お父さんは、絶対に許さん！」

築山は必死だった。

第四話

祝言《しゅうげん》――えんむすびのサツマイモ

川越氷川神社

今から約千五百年前、古墳時代の欽明《きんめい》天皇二年に創建されたと伝えられる川越の総鎮守。昔から縁結びの神様として信仰を集めている。また、敷地内には、結婚式場の氷川会館があり、全国的な人気を誇っている。

西武新宿線本川越駅よりバスで十五分程度

桜が散り、青葉の目立つ季節になった。日射しは強く、初夏を思わせる陽気が続いている。このところ、信樂食堂は繁盛していた。特に、昼飯時は休む暇もないくらい忙しい。売上げも順調で、うれしい悲鳴を上げていた。

そんなある日のことだ。ランチの時間が終わり、昼休みになったとき、父の昇吾が宣言するように言った。

「今日のまかないは、おれが作ろう」

「うん。頼むよ」

「超楽しみでございます」

大地とたまきは答えた。仕事は好きだが、やっぱり休み時間はうれしい。忙しい中、ほっと息をつける時間だった。しかも、父はこの道五十年の料理人だ。引き出しも多く、まかないに何を作るか楽しみでもあった。

「料理ができるまで、後片付けをしててくれ」

そう言って、食堂から出て行った。店の厨房《ちゅうぼう》を使わずに、家の台所で作るつもりのようだ。

その間に後片付けや夜の仕込みができるので、大地としてもそのほうが助かる。休み時間と言っても客が来ないだけで、やることは山のようにあった。仕事が多すぎて、大地でもうんざりするときがあるのに、たまきはいつも元気だった。

「お父さまは何をお作りになるのでしょうかねえ。楽しみでございます！」

声が弾んでいる。店の掃除をする足取りも軽かった。お小遣い程度しか給料を払っていないのに、たまきはよく働く。ドジを踏むことはあるが、サボることはなかった。そんな彼女を見るたびに、大地は疑問に思った。

どこから来たのだろう？

親やきょうだいはいないのだろうか？

住み込みで雇っているのに、履歴書ももらわず何も聞かなかった。深い理由があるわけではない。何となく聞きにくく、自分から言ってくるだろうと思っていたのだ。

だが、たまきは何も言わなかった。そのまま時間が流れ、大地も父も、すっかり受け入れている。

そのうち聞いてみるか。

今さらということもあって、先送りすることに決めた。どこをどうみても悪人ではなかろうから、急いで身許《みもと》を確認することもなかろう。

やがて、父が戻ってきた。大きなおひつを持っている。

「そーせーじさまのにおいがいたします!」

たまきが反応した。確かに、スパイシーな香りが漂っている。だが、父が持っているものはおひつだけだ。

「そーせーじさまは、いずこでしょうか?」

たまきが、きょろきょろしながら父に聞いた。

「ここにある」

そう言って、おひつの蓋《ふた》を開けた。すると、ソーセージの香りが強くなった。香ってきたのはそれだけではなかった。

炊き立てのごはん、たまご、そして野菜の甘い香りが、湯気と一緒に立ち昇った。

しかし、それら全部が見えたわけではない。

「炒《い》りたまごさまでございます」

たまきの言うように、見えたのは炒りたまごだけだ。大量の炒りたまごが、ごはんや他の具材を隠していた。

「父さん、これは?」

大地が聞くと、父がいたずらっぽい笑みを浮かべた。

「どうだ? 旨《うま》そうだろ? 若者向けの炊き込みごはんだ」

そう言うが、ごはんを覆い隠すほどの炒りたまごのせいで、何を炊き込んだのか分からない。しかし、食欲をそそるにおいだった。炒りたまごの下に何が隠されているのか、知りたい欲求も掻《か》き立てられる。

「早く食べとうございます」

たまきが切なそうに言った。腹を空《す》かせているのだ。ただ、この娘は、いつだって腹を空かせている。

「分かった。今、よそってやろう。ええと、たまきちゃんは、いつもの丼《どんぶり》で食べるのかな?」

「あい。当然でございます」

いつものマイ丼を持っている。たぬきの絵が描いてある大きな丼だ。クレアモール沿いにある丸広《まるひろ》百貨店で買って来たものである。信樂食堂の給料で買ったらしい。

「大地は普通の茶碗《ちゃわん》だな」

「うん」

大地が頷《うなず》くと、二人分のごはんをよそってくれた。炒りたまごでごはんが見えないように盛り付けたのは、大地とたまきを焦《じ》らすためだろう。

「たまりませぬ」

たまきが喉《のど》をゴクリと鳴らした。釣られたように、大地の喉も鳴った。

その音を聞いて、父が笑いながら言った。

「さあ、食べてみてくれ」

言うまでもない台詞《せりふ》だった。

二人を代表して、たまきが応じた。

「お父さまのまかない、実食させていただきまする」


「いただきます」

大地は手を合わせ、茶碗と箸《はし》を持った。炊き立てのごはんは温かく、炒りたまごとソーセージの香りの混じった湯気が立っている。その湯気を嗅《か》いだだけで、腹の虫がぐーっと鳴った。たまきのことは笑えない。食べるのが楽しみだった。

まず、炒りたまごを口に運んだ。最初に感じたのは、炒りたまごの甘さだ。砂糖を入れずとも自然な甘さがあった。塩と酒を加えて作ったシンプルな炒りたまごが、大地の食欲をさらにそそった。

炒りたまごを食べると、ごはんと他の具材が現れた。ソーセージだけではなかった。赤、緑、黄と色鮮やかな野菜が入っている。

「ミックスベジタブル？」

「ああ。冷凍食品を使った。最近のは、昔と違って味もいいからな」

ソーセージに冷凍食品。どれも信樂食堂では出すことはないが、まかないらしい料理だ。においも彩りも文句のつけようがなかった。

「大地さま、これは美味《おい》しゅうございます」

たまきは、完食していた。空になった丼を父に差し出した。

「おかわりをくださいませ」

まだ食べるつもりなのだ。たまきにかかると、丼飯が前菜のようだ。父が笑いながら返した。

「大地のをもらったらどうだ？　食べないみたいだからな」

「あい」

たまきが頷き、大地の茶碗を取ろうとした。

「駄目！」

慌てて茶碗をたまきから遠ざけた。父は冗談で言ったのだろうが、たまきは本気で食べる娘だ。炒りたまごしか食べていないまかないを奪われたくなかった。

「今から食べるから」

たまきに釘《くぎ》を刺して、取られないうちに食べ始めた。ソーセージを堪能《たんのう》し、ミックスベジタブルを味わった。具材も美味しかったが、ソーセージの旨みを吸ったごはんが絶品だった。甘くてスパイシーで、よくできたピラフを思わせる味だ。

「マジで旨い……」

ソーセージに冷凍野菜なんて手抜き料理だと思っていたが、大地の作るまかないどころか、店で出す定食よりも美味しい気がした。これだけの味を出せる理由の一つは、輪切りにされたソーセージだ。

「これ、ただのソーセージじゃないよね」

大地は言った。安いソーセージでは臭みが出る。父の作った炊き込みごはんにあるのは、良質な旨みだけだった。妙な脂っこさもなかった。

「ほう。よく分かったな。おまえが築山さんと屋台を出したときに使った小江戸黒豚だ。そのソーセージを買ってきた」

「小江戸黒豚のソーセージか」

化学調味料や合成着色料、保存料を使わずに作ったソーセージだ。同じソーセージをフライパンで焼いて食べたことがあるが、嚙《か》んだ瞬間に肉汁があふれたほどジューシーだった。小江戸黒豚の旨さが封じ込められていた。

その旨みがごはんに染み込んでいる。ソーセージにも肉の味が残っていて、炒りたまごやミックスベジタブルとの相性がいい。また、歯触りもよかった。

「小江戸ソーセージごはん、最高でございますっ！」

たまきが、二杯目の丼に取りかかった。

父はランチまでしか働かない。本人は「大丈夫だ。夜も働ける」と言うが、また倒れられても困る。朝とランチだけ手伝ってもらうことにしていた。

「銭湯にでも行ってくるか」

歩いて行けるところにスーパー銭湯があり、気に入っているらしく父は頻繁に通っていた。ゆっくり湯船に浸かると疲れが抜けるようだ。

「いいんじゃない」

大地が快く送り出そうとしたときだ。

鈴を転がすような若い女性の声が聞こえた。

「ごめんください」

信樂食堂に客が来たのだ。まだ休憩中だが、鍵《かぎ》を閉めているわけでもない。

だが、遠慮しているらしく戸を開けて入って来なかった。常連客ではないみたいだ。

観光客が流れて来たのだろうか？

「あい」

たまきが出迎えに行き、戸を開けた。

「……え？」

そこに立っていたのは、大地と同い年の女性だった。なぜ同い年だと分かったのかと言えば、知っている人間だったからだ。驚いた理由もそこにあった。

彼女と会うのは十一年ぶりだが、はっきりとおぼえている。ずっと会っていなかったのに、彼女だと分かった。

忘れることのできない相手。大地の初恋の女性だった。

「ご無沙汰《ぶさた》しております」

その女性が、大地に頭を下げた。


岡野理沙子《おかのりさこ》。

今から十年以上も昔、大地と同じ中学校に通っていた。読書が趣味のおとなしい少女で、大地とはよく話があった。彼女と話すのを楽しみにしていた。理沙子も、大地のことを嫌いではなかったと思う。

休みの日に学校の外で会ったことはなかったが、校内の図書館で一緒に宿題をやったり、ときには一緒に登下校をしたりした。バレンタインには、手作りのチョコレートをもらった。

中学生の大地は、理沙子のことが好きだった。告白しようと思っていた。でも、できなかった。今以上に内気だったのだ。

ふられたら、どうしよう――そう思っているうちに月日は流れ、二人は別々の高校に進んだ。

話はそこで終わる。その後、映画やドラマのような出来事は何もなかった。偶然出会うこともなく、気がついたら年を取っていた。

その理沙子が現れた。信樂食堂にやって来た。中学生のころの面影を残してはいるが、すっかり大人の女性になっていた。ちゃんと化粧もしている。清楚《せいそ》な雰囲気の美人になっていた。

「お、理沙子ちゃん、久しぶりだな」

声をかけたのは、父だった。親しくしていた同級生なのだから当然だが、父は理沙子を知っていた。地元の人間なので、商店街や駅などで見かけたこともあったのかもしれない。

「ご無沙汰して申し訳ありません」

理沙子が丁寧に挨拶《あいさつ》を返した。昔と変わらず礼儀正しい。

「どなたさまでございますか？」

たまきが聞くと、父が真顔で答えた。

「大地の初恋の相手だよ」

冗談のつもりだろうが、あるいは、親として勘付いていたのかもしれない。何しろ大地は、昔から考えていることが顔に出やすかった。バレンタインにチョコレートをもらったことも自慢した記憶がある。

「なんとっ!? 大地さまの思い人さまでいらっしゃいましたかっ!」

たまきが、目を皿のように丸くした。完全に真に受けている。

訂正すべきだと思ったが、理沙子のことが気になってそれどころではなかった。父とたまきの相手をせず、彼女に向き直った。

「ええと……。久しぶりだよね。今日は、どうかしたの？」

そう聞いたのは、食事を取りに来たようには見えなかったからだ。そして、その予想は外れていなかった。理沙子が衝撃の一言を発した。

「今度、結婚することになったんです」

信樂食堂のそばには、氷川神社がある。

昔から縁結びの神として信仰を集めている神社だ。隣接する氷川会館で、結婚披露宴を挙げることもできた。いわば結婚式の名所と言えるだろう。

その氷川神社で結婚式を挙げる者も多かった。理沙子も、その一人だった。

「来週、結婚式なんです。その後、簡単な食事会をしたいのですが、こちらで頼めませんか?」

理沙子が用件を切り出した。いきなりな上に予想もしていなかった話に、大地は戸惑っていた。

「頼めませんかって……」

「二時間だけでいいので、貸し切りでお願いしたいんです」

商売なので、申し込みがあれば引き受ける。だが、疑問があった。

「定食屋でいいのかい?」

父が聞いた。自分の商売を卑下しているわけではないが、もっともな質問だろう。信樂食堂は、町の小さな定食屋だ。十人も客が入れば満席になってしまう。酒を出す店でもないし、結婚式の二次会三次会に使われたこともなかった。

ずいぶん前から、ジミ婚が流行《はや》っていることは知っている。余計なお金を使わず、二次会や三次会を地元の小さな飲食店で済ますのだ。それにしたって、信樂食堂でやるのは無理がある。

「彼と私の両親だけですから」

理沙子は、父の質問に頷《うなず》きながら言った。結婚相手の親はすでに他界しており、身内だけで式を挙げるつもりだという。出席者を絞るのも、ある意味、今風なのかもしれない。

「本当は、式を挙げるのもやめようと思っていたんです」

婚姻届を出して終わりにする。最近では珍しくない話だ。結婚式後に食事をする店の予約もしていなかったのだろう。

「でも、うちの父が『結婚式くらいやれ。みっともない。世間体を考えろ』って聞かなくて」

理沙子は不服そうだが、これもありがちな話に思える。

「私らの世代だと、そう言いたくなるんですよ」

大地の父が、やんわりと言った。結婚式をやるのが正しいと言っているわけではないだろう。

世の中にはいろいろな考え方があって、それらと折り合いをつけながら生きて行くものだ。自分の考え方が絶対に正しいと思わないほうがいい。以前、父はそう言っていた。

「もちろん、その気持ちは分かります」

理沙子が応《こた》えた。昔から争うことが嫌いで、他人の気持ちを斟酌《しんしゃく》する性格だった。

その理沙子が、さらにもう一歩、踏み込むように話し始めた。

「父は結婚そのものに反対なんです」

「どうしてでございますか？」

聞き返したのは、たまきだ。初対面であろうと遠慮がない。

「うちの両親は教師なんですが、彼は——寺田修一《てらだしゆういち》さんは教師じゃないんです」

「職業に貴賤《きせん》はございませせぬ」

たまきは言うが、職業や収入で上下をつける人間はたくさんいる。性別や年齢を問わず、どこにでもいるだろう。

「ちなみに、何をなさっている方でございましょうか？」

「サツマイモ農場で働いています」

「立派なお仕事でございまする」

お世辞ではなく、心の底から言っていると分かる口調だった。

たまきを味方だと判断したのか、理沙子の言葉遣いが砕けた。

「それなのに、せめて公務員と結婚しろって言うのよ。結婚式の日取りまで決まってるのに、いまだに文句を言うの」

愚痴を言うような口調だった。腹に据えかねているようだ。ただ、父親には面と向かって言えないのだろう。中学生のころから、誰かと喧嘩《けんか》をする性格ではなかった。

「心得違いでございます。理沙子さまのお父さまが間違っております」

たまきが断じた。それから、いつもの調子で請け負ったのだった。

「理沙子さま、ご安心ください。大地さまが、お父さまの心得違いを正しまする」


大地の様子がおかしい。

たまきは、眉間《みけん》にしわを寄せた。安請け合いしたのに文句も言わず、ほとんどノーリアクションで貸し切りの予約を受けた。しかも、その場に昇吾がいたのに相談もしなかった。

「大地さまらしくありませぬ」

その日の夜、たまきは、自分の部屋で独りごちた。理沙子が帰った後、仕事はちゃんとやっていたが、口数が少なかった。たまきが話しかけても上の空で、遠くを見るような目をしていた。一度だけだが、独り言も呟《つぶや》いていた。

「このままじゃあ、駄目だよな……」

そのときは、思い詰めた顔をしているように見えた。

今日は客が早く帰ったので、店も早じまいしていた。大地も自分の部屋に引っ込んでいる。時計を見ると、まだ午後九時になったばかりだ。

「分からないことは、聞くのが一番でございます」

たまきの辞書に「遠慮」「躊躇《ちゅうちょ》」「明日にしよう」という文字はなかった。空腹でないかぎり、思いついた瞬間に行動を始める。

このときも、すぐに動き出した。大地や昇吾に見つからないように信樂食堂を出たのだった。相談する相手は決まっていた。

「川越一の知恵者に聞きまする」


「た、た、たまきさんっ⁉」

学が目を丸くした。たまきが訪ねたのは、蓮青寺であった。川越一の知恵者というのは、この学のことだ。彼は何でも知っている。大地が元気をなくした理由も教えてくれるだろう。

「こ、こ、こんな夜更けに、な、な、何かご用ですか？」

知恵者は動揺していた。声が震えている。実を言えば、学はたまきに恋をしていた。天然娘は、まったく気づいていなかったが。

「大地さまのことで相談があって参りました」

「相談？」

「あい。初恋の思い人さまが現れたのでございます」

たまきは単刀直入だった。わずか一言で事情を説明した。学も理解したようだ。

「大地さんの初恋……」

呟いて少し困った顔をしたのは、得意分野ではなかったからだろう。たまきを好きになった以外は、恋愛の経験がまったくなかった。

だが、心配は無用だ。蓮青寺には、脳みそピンクのチャラ男がいる。このとき、学はそう思ったという。

「立ち話も落ち着きませんから、朋也の部屋に行きましょう」

学は、たまきを招き入れた。

そのとき、朋也は映画を見ていた。今までに何度も見た映画だが、飽きることがなかった。

「やっぱり『卒業』は最高だな」

一九六七年に制作されたアメリカ映画である。半世紀以上も経った今でもファンが多く、サイモン&ガーファンクルの『サウンド・オブ・サイレンス』『スカボロー・フェア／詠唱』『ミセス・ロビンソン』などの名曲が多く使われていることでも有名だ。

「時代はダスティン・ホフマンでしょ」

寺の息子らしいと言うべきだろうか、朋也の趣味は渋い。最近の映画には見向きもせず、自分が生まれる前に公開された名作ばかり見ていた。

ちなみに、親に与えられた部屋も渋い。窓の外には、墓場が見える。線香の煙が部屋に入って来ることもあったが、生まれたころから暮らしているので気にならない。自動車が走らないので、静かでいいと思っていた。

そんな朋也が気にしているのは、兄の学のことだった。名僧と呼ばれることさえあるできのいい兄を心配していたのだ。

「兄ちゃんの恋、上手《うま》くいくかなあ」

恋愛映画の金字塔である『卒業』を見ながら呟いた。学は、信樂食堂のたまきに恋していた。本人は隠しているようだが、バレバレであった。

現代では、僧侶《そうりょ》の妻帯は認められている。それどころか、寺を維持するために結婚し家庭を持つことを、檀家《だんか》から望まれていた。

その学が恋をした。真面目な兄のことだから、おそらく結婚したいと思っている。そのこと自体は悪いことではないのだが、問題があった。

「たまきちゃん、普通の人間じゃないよなあ……」

町内で気づいているのは、おそらく朋也だけだろう。一緒に暮らしている大地や昇吾も気づいていないようだ。

普段は隠しているが、たまきは焦るとしっぽを出す。モフモフ系のしっぽであった。何度もそれを目撃していた。

「人間に化けてる系だよなあ……」

だからと言って、たまきのことが嫌いなわけではない。好感を持っていた。彼女が来てから信樂食堂は何もかもが上手く行き始めた。幸運を呼ぶ何かなのだろうと思っていた。

「兄ちゃんと一緒になってくれればいいんだけど」

問題はこっちだ。二十代も後半に差しかかろうと言うのに、学には浮いた話一つなかった。モテないわけではない。鈍い上に、これまで異性に興味がなかったのだ。ちなみにだが、同性にも興味がない。

「兄ちゃんの初恋か……」

自分には関係ないのに、胸がきゅんとした。脳みそピンクだの、チャラ男だのと言われているが、朋也はピュアだった。初恋と呟いただけで、胸が締め付けられて甘酸っぱい気持ちになった。

「相手が悪いような気もするんだよな」

人間ではない上に、たまきは天然だった。恋という感情があるかも怪しい。あったとしても薄そうだ。

「兄ちゃんの手に負えるのかなあ……」

無理な気がする——そう思ったときである。

突然、朋也の耳元で、若い女の声が聞こえた。

「悩み事でございますか？」

たまきの声だった。

「うわっ！」

驚き、引っくり返りそうになった。慌てて横を見ると、たまきだけでなく学までが座っていた。

「い、いつ入って来たの？」

胸をドキドキさせながら聞くと、たまきと兄が口々に答えた。

「さっきでございます」

「ちゃんとノックもしましたが」

映画と考え事に気を取られて、気づかなかったようだ。朋也は映画鑑賞を中断し、二人に向き直った。

珍しいこともあるものだ、と朋也は思った。

たまきが一人で訪ねて来たことも珍しいが、それ以上に珍しいことがあった。いつも朗らかな娘が眉間《みけん》にしわを寄せていた。

「ええと……。どうかしたの？」

「朋也さまに相談がございます」

真剣な声だった。映画を見ている場合ではないようだ。朋也は座り直した。

「実は……」

今までになく深刻な顔で話し始めようとしたときだ。たまきの腹がぐぅと鳴った。

ずっこけそうになった朋也に向かって、たまきは言った。

「心配しすぎて、お腹が空《す》きました」

よく分からない理屈である。この娘は、年がら年中、腹を減らしている。

「お茶菓子も出さずに失礼いたしました」

学が応じた。たまきに負けず真面目な顔をしている。その表情のまま、朋也に聞いてきた。

「何かありますか？」

たまきに食べ物を出せということだ。午後九時にお茶菓子でもあるまいが、朋也も小腹が空いていた。ちょうど、映画を見終わってから食べようと思っていたものがあった。

「美味《おい》しいものを作るから、ちょっと待っててね」

たまきが不思議そうな顔をした。

「朋也さまがお作りになるのでございますか？」

朋也に料理ができるとは思わなかったのだろう。以前、信樂食堂に手伝いに行ったことがあったが、料理はしなかった。

「うん。作るよ」

そう答えてから、思わせぶりに言ってやった。

「朋也食堂、はじめるよ」

✿

朋也と学には両親がいるが、寺をできのいい息子に任せて、二人は旅行に飛び回っている。

勝手気ままな生活を送っているとは思うが、両親を責める気はなかった。寺の仕事は忙しく、休みもろくに取れない。人の死は突然だし、その葬式も待ってはくれないのだ。両親は休む暇がなかった。旅行に行くどころか、身体の調子が悪くても通夜や葬式を延期することはできない。

学が僧侶になったとき、兄は両親に言った。

「どうぞ、ご自由になさってください」

「うん。のんびりして好きなことをやればいいよ」

朋也も賛成した。寺に生まれた朋也は、人の命の儚《はかな》さを知っている。両親に好きなことをさせてやるのも、親孝行の一つだろうと思っている。

だから葬式などの法事は、学が取り仕切っている。読経するのも、兄の役割だ。朋也はその分、家事をやっていた。掃除もするし洗濯もする。日々の料理を作ることも多い。

「こんな時間に何を作るつもりですか？」

学に聞かれたが、教えてやらないことにした。

「ひ・み・つ。十分か二十分、待ってて」

わざともったいぶるように言って、台所に向かった。

二十分もかからず、思い通りのものができた。皿に盛り、いそいそと自分の部屋に戻って来た。たまきと学はしゃべるでもなく、座布団に正座していた。ある意味、お似合いなのかもしれない。

「朋也食堂の特別メニューだよ。どうぞ。食べてみて」

皿を置き、二人に言った。たまきが歓声を上げた。

「大福さまでございます！」

テンションが上がっている。こっちまでうれしくなるような顔で笑っていた。

「うん。大福」

朋也が応《こた》えると、聞き返された。

「どちらの大福さまでいらっしゃいますか？」

どうやら市販のものを買って来て、皿に載せたと思っているようだ。それはそれで愉快だった。

「朋也食堂の大福だよ。できたてをどうぞ。冷めると固くなっちゃうから」

そう言うと、ただでさえ丸いたまきの目がいっそう丸くなった。その丸い目で、朋也と大福を交互に見ながら聞いてきた。

「大福を作ったのでございますか？」

「作ったって言うほどのものじゃないよ。いいから、食べてみてってば」

朋也がすすめると、たまきがようやく大福を手に取った。

「あい。いただきまする」

そして、大福をパクリと食べた。ほとんど一口で食べ終えて、また、目を見開いた。

「こ、これは⁉　いちご大福さまでございます！」

「正解」

「朋也さまが、いちご大福さまを作ったのでございますか？」

「うん。そういうこと」

胸を張って応えたが、実を言うと、レンジで作る手抜きいちご大福であった。作り方は簡単だ。市販の切り餅《もち》をレンジで柔らかくし、砂糖を加えながら伸ばす。そこに片栗粉を打って、市販のあんこと苺《いちご》を包んで完成だ。好みで、バナナなど他の果物を入れてもいい。チョコレートを入れても、温度に注意すれば美味しくできる。

「けっこう美味しいでしょ？」

「あい。乙でございます！」

元気になったらしく一気にたいらげ、満足そうに言った。

「星三つでございまする。大変美味しゅうございました。また、ご馳走《ちそう》してくださいまし」

頭をぺこりと下げ、「では、ごきげんよう」とか言っている。すっかり帰るつもりのようだ。

「相談はいいの？」

「あ。忘れておりました」

たまきの顔が再び曇った。それから、ようやく話し始めた。

「大地さまが恋をしておりまする」

「へえ、大地さんの初恋の相手が結婚か……」

朋也は呟《つぶや》いた。あの大地にそんな過去があったなんて初耳だった。まあ同級生でもないのだから知らなくて当たり前だが。

「あい。大地さま、元気がなくなってしまいました。話しかけても上の空で、『このままじゃあ、駄目だよな……』と独り言をおっしゃっておりました」

たまきが訴えるように言うと、学が大真面目に応じた。

「その女性のことを、まだ思っているのですね」

断定だった。朋也も過去の恋愛を引きずるほうなので、同じことを考えた。大地は純情だ。十年前の相手を思っていても不思議はないと思った。

ふと画面を見ると、『卒業』は結婚式のシーンで止まっていた。この後、ダスティン・ホフマンが結婚式に乱入して花嫁を連れ去るのだ。

しばらくその画面を眺めてから言った。

「大地さん、花嫁を奪って逃げるつもりかなあ」

「愛する女性のためなら、それくらいのことはするでしょう」

学が力強く同意した。朋也としては思いつきを口にしただけだが、兄にそう言われると、大地が結婚式に乱入するのが決定事項のように思えてくる。たまきも同様らしく、眉間《みけん》にしわを寄せた。

「すべてを捨てて、だすてぃん・ほふまんするのでございますね」

ダスティン・ホフマンが動詞になっている。不思議な言葉だが、話の流れから意味は分かった。

「その可能性は否定できません」

「うん」

学が言い、朋也が頷《うなず》くと、たまきが口を閉じて考え込んだ。

だが、それは長い時間ではなかった。

「わたくし、大地さまの味方をいたします。だすてぃん・ほふまんするのなら手伝いまする」

たまきなりの決断だった。

「それ、まずいと思うけど」

朋也は注意した。世間から後ろ指を指されるだろうし、場合によっては何かの犯罪になりそうだ。この町で暮らせなくなる可能性だってある。

「構いませぬ。世間さまから後ろ指を指されようと、大地さまが罪人になろうと、最後まで味方いたします」

たまきの決断は固かった。たまきは、大地のことが大好きなのだ。


結婚式当日がやって来た。信樂食堂に来るのは、理沙子と夫の寺田、それに理沙子の両親の四人だけだ。

「悪いが、大地頼むぞ」

昇吾が自室に引き上げた。人数が少ない上に、大地の同級生とあって息子に任せたのだ。貸し切りなので、他の客もやって来ない。

たまきは、大地と二人きりになった。理沙子の結婚式が始まるまで、一時間もなかった。もう氷川神社にいるだろう。たまきは、意を決して申し出た。

「だすてぃ、ほふまんなさるのでしたら、手伝いまする」

すると、大地が怪訝《けげん》な顔になった。

「何、言ってんの？」

大地は、信じられないくらい鈍いところがある。いつだったかテレビで、こういう人間のことを「天然」と呼ぶと言っていた。大地は間違いなく天然だ。自分がそう呼ばれているとは、夢にも思わないたまきだった。

「天然の大地さまにも分かるように話しまする」

声に出さず呟き、言葉を変えた。

「理沙子さまのことでございます。遠慮なさらないでくださいませ。お手伝いしますゆえ、何でも命じてくだされっ！」

たまきは必死だった。ここまで言えば分かるだろう。そう思っていると、大地が頷いた。

「うん。じゃあ、サツマイモを洗って」

「お芋でございますか？」

サツマイモを持って結婚式に乱入する姿を思い浮かべたが、もちろん違った。

「そう。今日の料理に使うから」

当たり前のように言ったのだった。

「……あい」

たまきは、サツマイモを洗い始めた。

何を作るつもりか分からないが、サツマイモはたくさんあった。洗っても洗っても終わらなかった。

「あらいぐまになった気分でございます」

愚痴ってから、猿も芋洗いをするというテレビで見た話を思い出した。百匹目の猿の話だ。興味深い話だったが、デマだという。

「その知識は、今は関係ありませぬ」

自分に突っ込んだ。そんなふうにブツブツ言いながらサツマイモを洗い、ときどき大地の様子を窺《うかが》っていた。いつもより口数は少ないが、変わった様子はない。せっせと料理を作っている。

理沙子の結婚式が始まる時間になっても、厨房《ちゅうぼう》で仕込みを続けている。出かける素振りはなかった。ダスティン・ホフマンしないのだろうか？

いや、まだ分からない。

「……油断大敵、火がぼうぼうでございます」

二次会をぶち壊しにするつもりなのかもしれない。たまきは、気を引き締めてサツマイモを洗い続けた。百一匹目の猿になったつもりで丁寧に洗った。

サツマイモを洗い終えると、大地に命じられた。

「食堂と店の前の掃除を頼む」

「あい」

たまきは厨房から出て行った。大地のことは気になるが、仕事はちゃんとしなければならない。


予約の時間通りに、理沙子たち四人がやって来た。

「いらっしゃいませ」

たまきが出迎えると、理沙子と夫らしき男が頭を下げてきた。

「本日はよろしくお願いします。寺田修一と申します」

修一が自己紹介をした。理沙子より十歳くらい年上の体格のいい男だった。がっちりしていて、柔道をやっていたという身体つきをしている。だが、やさしい目をしていた。少し気が弱そうにも見える。

人は見かけによらないと言うが、人間はそれほど複雑ではない。たまきの知るかぎり、たいてい外見と中身は一致していた。気が弱そうな者は、ほとんど例外なく気が弱い。もめている原因の一つは、修一の性格にあるのかもしれない。

たまきは、次に理沙子の父親らしき男を見た。五十歳くらいだろうか。痩《や》せぎすで、銀縁の眼鏡をかけている。いかにも神経質そうな男だった。母親の岡野夫人はやさしそうだが、父親はむっつりとしている。

「今日は、お世話になります」

夫人が頭を下げても、岡野は大地を見もしない。挨拶《あいさつ》をするどころか、聞こえよがしに嫌みを言ったのだった。

「定食屋で食事会とはな」

信樂食堂を馬鹿にしていて、それを隠そうともしていなかった。

「ちょっと、お父さん」

夫人が注意をしたが、岡野はそっぽを向いた。

雰囲気が悪かった。さぞや大地が困った顔をしているだろうと見ると、平然としていた。岡野の態度によろこんでいるようにさえ見える。まさか、これから結婚をぶち壊しにするつもりなのだろうか。

「大地さま……」

心配になり声をかけた。すると、大地が穏やかな声で、たまきに命じた。

「席に案内して」

この雰囲気のまま、食事会を始めるつもりらしい。


「こちらへどうぞ」

たまきが席をすすめ、理沙子たち四人は席に着いた。相変わらず父親は口も利かない。理沙子はそんな父親に文句を言えないようだ。ぎこちない空気が流れていた。お祝いの雰囲気ではない。

いつもなら、大地が小江戸料理を作って揉《も》め事を解決するところだが、期待できない気がした。掃除をしていたので、たまきは大地が何を作ったのか知らない。ただ、嫌な予感があった。

その予感に耐え切れず、厨房に様子を見に行こうとしたときだ。

「お待たせいたしました」

大地が出てきた。お盆を持ち、大皿に料理を載せていた。ごま油の香りがする。

「本日のメインになります」

前菜も出さずにそう言って、テーブルに皿を置いた。大地らしくない雑さだ。作った料理も、意表を突くものだった。

「これは……。フライドポテト？」

理沙子の父親が信じられないという顔で呟《つぶや》いた。


油で揚げたジャガいも。多く、細長い棒状のものをいう。

広辞苑では、そんなふうに説明されている。その定義からすると、大地の出した料理はフライドポテトではなかった。

「サツマイモのフライドポテト……」

理沙子が料理の名前を口にした。意外だったらしくおどろいている。サツマイモは美味《おい》しいが、祝いの席に大皿で出すものではないからだろう。他の料理は何もなく、サツマイモのフライドポテトだけが置かれていた。

「ふん」

岡野は不機嫌そうに鼻を鳴らし、大地の料理を食べ始めた。お祝いの席なのに、いただきますも言わない。

「あなた――」

夫人が注意しようとするが、大地が遮るように言った。

「みなさんも温かいうちに召し上がってください」

たまきにも取り分けてくれた。いつものことだが、従業員が食べていいのだろうかとは思わなかった。すすめられるがまま受け取り、口に運んだ。

「すいーとぽてとさまのようでございます」

バターと塩、黒ごまで味を調えてあった。揚げ立てのサツマイモのフライドポテトは香ばしく、ほくほくと甘かった。

「美味しゅうございますが……」

たまきは言い淀《よど》んだ。やっぱり、結婚式の祝いの席に出すものではない気がしたのだ。ましてや、サツマイモ農場は修一の勤務先で、理沙子の父親はそれを嫌っている。挑発しているとしか思えなかった。

岡野を怒らせて、結婚を台なしにするつもりだろうか？

その心配は当たっていた。岡野が苦虫を噛《か》み潰《つぶ》したような顔で、大地に質問をぶつけたのだった。

「この料理は何だ？」

「寺田さんのお仕事にちなんだ料理を作りました。信樂食堂特製のサツマイモのフライドポテトです」

「そんなことは聞いていない。サツマイモなのは食えば分かる」

「そうでしたか」

大地が肩をすくめて見せた。明らかに挑発していた。

「……君は、私を馬鹿にしてるのか？」

「はい」

なんと、大地が頷《うなず》いたのだった。

もう滅茶苦茶だ。

大地の味方をすると決めたが、どうしていいのか分からず、たまきは途方に暮れた。

そして、当然のように口論が始まった。

「ふ、ふざけるなっ！」

「ふざけていません」

「なんだと？　……もう、いい。理沙子、帰るぞ。こんな店で飯を食えるか！　結婚も考え直せ！」

岡野が立ち上がり、娘を連れて行こうとする。結婚は関係ないだろうに、ひどい父親だ。

「お義父《とう》さん、待ってください」

修一が止めようとするが、そっちを見もしない。

「この話、なかったことにしてもらう。理沙子との結婚は取り消しだ」

とうとう破談になってしまった。お祝いどころではない。

これでいいのかと大地を見たが、澄ました顔をしている。これが大地の望んだことなのか。自分の恋のために、他人の幸せをぶち壊しにする人間だったのか。そんな人間であって欲しくないと思った。

「大地さま……」

祈るように名前を呼んだときだ。女の怒鳴り声が響いた。

「いい加減にして！」

それは、理沙子の声だった。清楚《せいそ》でおとなしい花嫁が、顔を真っ赤にして父親を睨《にら》んでいた。

「お、おい、理沙子——」

岡野が動揺し、娘に手を伸ばした。

「触らないでっ！」

理沙子が鋭く言った。その声に斬りつけられたかのように、岡野の顔から血の気が引いた。

「おまえ……」

呟く声も小さかったが、理沙子は容赦しない。

「気に入らないのなら、一人で帰って」

氷のように冷たい声で言ったのだった。

何秒間かの沈黙があった。やがて岡野が親の威厳を取り繕うように、無理やり大声を上げた。

「お……親に向かって、その言い方は何だっ！」

「何だと思う？」

「え……」

「私の正直な気持ちよ。ずっと我慢してきたけど、もう、うんざり」

「うんざりだなんて、おれはただ……」

「ただ何？　娘の結婚をぶち壊しにしたいの？　不機嫌にしていれば、自分の思い通りになると思ったの？　私が気を遣うと思った？」

「そんなことは一言も――」

言い返そうとするが、理沙子は聞かない。父親の言葉を遮って言った。

「今まで、ありがとうございました。育ててもらった恩は忘れませんが、今日をかぎりに親子の縁を切らせていただきます」

完全に堪忍袋の緒が切れている。本気で縁を切るつもりなのだ。愛する夫を散々馬鹿にされたのだから当然だ。今まで我慢していたのが不思議なくらいである。

娘の剣幕に圧《お》されて、岡野が口を閉じた。うろたえた顔をしている。

「修一さん、行きましょう」

理沙子が言った。そのときのことだった。それまで黙っていた理沙子の母親が口を挟んだ。

「あなたの負けよ」

夫への言葉だった。

「負けって――」

「このままだと本当に縁を切られちゃうって、分かっているでしょ。理沙子、本気で怒ってるわよ」

「それはおまえ――」

そこまで言って言葉に詰まった。妻の言う通りだと分かっているのだ。

夫人はそんな夫から視線を外し、花嫁になった娘を見た。

「お父さんを許してあげてね。あなたがお嫁に行っちゃうのが寂しいのよ」

「でも、修一さんのことを――」

「ぼくは大丈夫です」

修一が理沙子を遮った。相変わらず穏やかだが、きっぱりとしていた。何となく大地に似ているとたまきは思った。そして言うことも似ていた。

「喧嘩《けんか》できるのは、親が生きているうちだけだよ」

修一が続けた。理沙子に向けての言葉だった。修一は、幼いころに両親を亡くしている。岡野に侮辱されても黙っていたのは、亡くした両親のことを思っていたのかもしれない。

大切な人を失うと、喧嘩したことさえ思い出になる。たまきには、修一の言うことがよく分かった。

「でも、喧嘩したまま別れるのはよくない」

修一が、諭すように理沙子に言った。皆まで言わなかったが、その言葉の意味は伝わってきた。

生きているものは、いずれ死ぬ。別れの瞬間が訪れる。そして死は突然訪れる。十秒後に死んでしまうことだって、ないとは言えない。親と喧嘩したまま、二度と会えなくなることだってある。

言い争ったのは初めてでも、理沙子と岡野はずっと喧嘩をしていたようなものなのかもしれない。仲直りすべきだ、と修一は言っているのだ。

「この料理を作ったのは、そういうことですよね」

修一が大地の顔を見て言った。

「え……？」

理沙子が驚き、夫と同じように大地を見た。岡野夫婦やたまきも、大地を見た。ここにいる全員の視線を受けて、ようやく大地が口を開いた。

「言いたいことがあるなら、ちゃんと言えばいいんだよ。我慢ばっかりしてると疲れちゃうからね」

その言葉はやさしく、たまきの知っている大地だった。

「ぼくも父親といろいろあって、長い時間を無駄にしたんだ」

このことは、昇吾からも聞いていた。言い争いをせず――お互いに言いたいことを言わず、二十年もの間、ぎくしゃくしていたという。

「どんなに美味《おい》しい料理を作ったって、問題は解決しない。道を開くのは、いつだって自分の意志だからね。そして、その意志は口に出さなきゃ伝わらない。親子でも一緒だと思うよ」

独り言のように、大地が言ったのだった。たまきは、その台詞《せりふ》に感心した。

「大地さま、大人でございます」

「もう二十六歳だからね」

大地が言うと、岡野夫人がくすりと笑った。

「あなたも大人になったほうがいいわよ」

夫への言葉だった。怒り出すかと思ったが、岡野はため息をつき、観念した口調で応じた。

「分かっておる」

理沙子と修一に向き直った。一瞬、言いにくそうに躊躇《ためら》ったが、すぐに口を開いた。

「年甲斐《としがい》もなく詰まらないことを言って申し訳なかった」

深々と頭を下げたのだった。岡野も大人だ。いや、ようやく大人になったのだ。

「そんな……。謝らないでください」

修一が困った顔をした。こういう表情をすると、やっぱり大地と似ている。他人を思いやる、やさしい顔だった。その修一を好きになった理沙子もやさしかった。

「私も、あんな言い方をすべきじゃなかったわ。お父さん、ごめんなさい」

今度は、理沙子が頭を下げた。丸く収まったようだ。仲のいい家族が、そこにいた。

——さすがでございます。

たまきは大地のやったことに感心するが、手放しではよろこべなかった。大地は恋に破れたことになる。表情は理沙子と修一を祝福しているようだが、本心は分からない。大地は、他人の幸せを自分のことのようによろこべる男だ。本心を隠して、「おめでとう」と言うくらいのことはするだろう。

「サツマイモのフライドポテトの他にも、お祝い用の食事を作っております」

大地は厨房《ちゅうぼう》に向かった。その背中を、たまきは見ていた。

第五話

掻餅《かいもち》——ぼた餅とおはぎ

つぼ焼きいも　平本屋《ひらもとや》

昭和二十四（一九四九）年創業の老舗《しにせ》焼きいも店。壺《つぼ》の中にサツマイモを吊《つる》し、熱を逃がさず焼き上げるため、ほくほくと甘い食感が癖になると人気が高い。

西武新宿線本川越駅より徒歩九分

川越は観光地だが、いつも混雑しているわけではない。季節や曜日によって違いがあった。例えば普段に比べると、水曜日は人出が少ない。水曜日を定休日にしている店が多いためだと言われている。

信樂食堂も水曜日を定休日にしていた。大地が子どものころからずっとそうだ。聞いたことはないが、近所の商店街と休みをそろえたのかもしれない。

飲食店の仕事は重労働だ。いくら若くとも疲れはたまる。だから、休みの日には朝寝坊することにしている。たまきも父も、よほどのことがないかぎり大地を起こさない。好きなだけ寝かせてくれた。

その日、大地は午前九時に目が覚めた。用事があったわけでも、目覚まし時計に起こされたわけでもなかった。

「腹、減った……」

空腹に起こされたのだった。寝ていても腹は空《す》く。腹の虫が鳴っていた。それでもすぐには起きず、ベッドの上で身体を起こして、しばらくぼんやりしていた。

家の中は静まり返っていて、誰かがいる気配はない。定休日なのだから客がいないのは当たり前だが、たまきや父の声も聞こえて来なかった。父はともかく、たまきの声が聞こえないのは珍しい。

まだ、寝ているのだろうか?

そう思った瞬間、昨日、たまきが言っていたことを思い出した。

「明日、お父さまとお墓参りに行って参ります」

そうだった。墓参りに行ったのだ。

「二人とも元気だな」

父は休みながらだが、たまきは大地と同じくらい働いている。無駄に動くので、活動量なら大地以上だろう。それなのに、疲れている様子がなかった。そこまで体力があるようには見えないが、不思議な娘だ。

「一人だけ墓参りに行かないってのもなあ……」

大地は呟《つぶや》いた。母に悪いような気もするし、誰もいない家に一人でいてもやることがなかった。

「これから行ってみるか」

呟くと、また、腹がぐぅと鳴った。出かける前に、何か食べたほうがよさそうだ。

台所に行くと、食事が用意されていた。父が作ってくれたのだろう。休みの日には、必ず朝食を作ってくれる。

「小豆《あずき》ごはんか」

おひつの蓋《ふた》を開けて呟いた。小豆を入れたもの全般を「赤飯」と呼ぶこともあるようだが、信樂家では昔から、もち米は入れずうるち米で炊いたものを「小豆ごはん」と呼んで区別している。

「いただきます」

手を合わせて食べ始めた。小豆本来の自然な甘みがあった。さっぱりしていて素材の味を楽しめる。

「いつもの父さんの料理だな。本当に旨《うま》いや」

小豆ごはんの他に、みそ汁と鮭の塩焼きが用意されていた。みそと塩のしょっぱさが、いっそう食欲をそそった。

結局、小豆ごはんを三膳《ぜん》も食べてしまった。

「これじゃあ、たまきだ」

食べすぎだが、これで腹ごしらえはできた。茶碗《ちゃわん》を手早く洗い、大地は呟いた。

「さてと。出かけるとするか」

母の眠る墓は、蓮青寺にある。

信樂食堂から歩いて行ける距離だ。信樂家代々の墓ということもあって、子どものころから数え切れないほど行っている。

墓地は広々としていて、ビニールシートを敷いて食事をする者もいた。蓮青寺には何本もの桜——ソメイヨシノが植えられていることもあるのだろう。春には、花見をしながら墓参りをする者が多かった。

川越のソメイヨシノの開花は、だいたい三月下旬だ。さすがに、すでに散っている。だが、たまきと父のことだ。葉桜を眺めながら墓参りをしているような気がした。たまきはピクニック気分だろう。

「お土産を買って行くか」

そう呟き、菓子屋横丁のある元町のほうに向かった。さまざまな菓子が売られている通りだ。和菓子や駄菓子だけでなく、美味《おい》しいパンの店もある。水曜日を定休日にしている店は多いが、何軒かは営業しているはずだ。

しかし、大地は菓子屋横丁に行こうとしたわけではない。目指す場所は、松江町《まつえちょう》にあった。

散歩がてら、いつもより人の少ない町を歩いた。何分か歩くと、紺色の暖簾《のれん》がかかった店が見えた。営業中みたいだ。

「休みじゃなくて、よかった」

大地は、『つぼやき平本屋』の暖簾の文字を見ながら呟いた。

川越には、和菓子や洋菓子の名店が多い。たくさんの美味しい菓子があるが、大地は昔ながらのおやつが好きだった。例えば、焼き芋だ。

『つぼやき平本屋』は、子どものころからのお気に入りの店だ。今まで何度行ったか分からないくらい足を運んでいる。

店名の通り、サツマイモを陶器製の壺で焼く。熱を逃がさず、コークスと炭で焼き上げるので、ほくほく感たっぷりの焼き芋を楽しめる。他の店で食べる焼き芋より甘い気がした。

大地にこの味を教えてくれたのは母だ。他界した母は『つぼやき平本屋』の焼き芋が好きだった。

「サツマイモは、低カロリーで身体にいいのよ。食物繊維が豊富だから、腸を掃除してくれるの」

そんな台詞《せりふ》をおぼえている。焼き芋を食べるたびに言っていた。身体が弱く病気がちで、家と病院を行ったり来たりしていたくせに、自分よりも大地のことばかり心配していた。

言われたときはうるさく思ったが、今では感謝している。親がいるから自分が存在する。そう思えるようになった。年を一つ取るたびに、親のありがたさが身に染みる。孝行したいときに親はなしという言葉が、頭から離れなかった。

「四つください」

大地は、店の主人に注文した。父とたまき、自分、そして母の分を買ったのだ。墓に供えるつもりだった。

店の主人が、焼き芋を新聞に包んでくれた。

「はい。どうぞ」

受け取った焼き芋は温かかった。熱々を食べても美味しいが、この店の焼き芋は冷めても味が落ちない。先月も先々月も食べたが、母が生きていたころと同じ味に思えた。

そのぬくもりを抱えるように持って、大地は蓮青寺に向かった。

「誘ってくれればいいのに」

大地は墓地に向かう道を歩きながら、独り言を呟いた。父への言葉だ。たまきが教えてくれなければ、墓参りに行くことすら知らなかっただろう。朝食は用意されていたが、メモの一つもなかったのだから。

「最近、冷たいんだよな」

大地を邪魔にしているように思えるときさえある。近藤の店に戻れと言われたときだってそうだ。信樂食堂からいなくなっても構わないみたいなことも言われた。

「……考えすぎか」

腑《ふ》に落ちない気持ちは残っていたが、父が自分を邪魔にするなんてあり得ないと思い直した。食堂が休みで暇なせいか、くだらないことを考えてしまった。

やがて蓮青寺に着いた。誰に会うこともなく、墓に続く小道を歩いた。蓮青寺の敷地は広い。また、寺だけに木々が多く、鳥や虫の鳴き声が聞こえた。かすかに線香のにおいがする。忙しい日常から切り離されたような場所だった。

ちなみに、信樂家の墓は入り口から遠い場所にあった。もちろん広いと言っても、たかが知れている。何歩も行かないうちに二人の姿が見えた。他に墓参りしている者はいなかった。

たまきと父は、信樂家の墓の前にビニールシートを敷いて座っていた。お茶と重箱も見える。まるでピクニックだ。

だが珍しく、たまきが何も食べていなかった。笑い声も聞こえず、真面目な顔で話をしている。大地がやって来たことに気づいている様子はない。

そんな二人に話しかけようとしたとき、たまきの声が聞こえた。

「――王さまにお手紙をお書きになったのでございますか？」

王さま？

大地は思わず足を止めた。たまきが「王さま」と呼ぶのは、大地がかつて世話になっていた洋食屋の近藤しかいない。その近藤に手紙を書いた？　いったい、何の話をしているのだろう？

その疑問に答えたのは、父の声だった。

「そうだ。大地に内緒で、もう一度、チャンスを与えてやってくれと手紙を書いた」

え？

声が出そうになったのを、大地は慌てて飲み込んだ。

「大地さまが行ってしまってもよろしかったんですか？」

「信樂食堂にいるより、大きな店で働くほうがいいと思ったんだよ。あいつの将来を考えたらな」

父の言葉は真剣だった。たまきは言う。

「しかし、お店が――」

「うん。そうだな。大地には、たまきちゃんと二人でがんばると言ったが、まあ厳しいだろうな。体力の問題ではなく、信樂食堂はもう大地の店だ」

「そうかもしれませぬ」

たまきは否定しなかった。父が第一線を退いていることを分かっているのだ。父の言葉は続いた。

「たまきちゃんにだから本当のことを言うが、大地が洋食屋に戻ったら食堂を閉めるつもりだったんだ」

「お母さまとの思い出の詰まった店を、やめようと思ったのでございますか？」

「そういうことだ」

「よいのでございますか？」

「珠子が——死んだ妻が生きていたら、反対はしないと思う。おれと同じことを考えたはずだ」

「どうしてでございますか？」

「店をやめようと、思い出がなくなるわけじゃないからだよ。仮になくなったとしても、大地の幸せのほうが大切だ」

——そういうことだったのか。

すべてが腑に落ちた。近藤が信樂食堂を訪れたのは、大地の腕を見込んでのことではなかったのだ。そして、父が素っ気なかった理由も分かった。

勝手な真似をして。

半年前——信樂食堂の厨房《ちゅうぼう》に立つ前の大地なら、そんなふうに腹を立てていただろう。父を怒鳴りつけて、喧嘩《けんか》をしたかもしれない。

だが今は違う。自分の幸せを祈ってくれる父の気持ちがありがたかった。空回りしても、恥をかいても、我が子に幸せになって欲しいと願うのが親なのだ。泰河や築山、凜の顔が浮かんだ。理沙子の父親だって一緒だろう。

「あいつはやさしすぎるからな。昔からそうだった」

父の声が、また聞こえた。それを追いかけるように、死んでしまった母が思い出の中で呟《つぶや》いた。

お父さんのこと、お願いね。

料理を作ることしかできない人だから。

母は他界する前、大地にそう言った。病院でのことだ。自分が長生きできないと知っていたのだろう。

ベッドに横たわる母を思い浮かべながら、声に出さずに、天国の母に言った。

そんなことないよ。

料理を作るだけじゃないよ。

父さんは、おれのために手紙を書いてくれた。

店も閉めようとしてくれた。

おれの幸せを考えてくれたよ。


すると、母の声が聞こえたような気がした。

子どもの幸せを願うのは当たり前よ。


泰河の母や築山、理沙子の両親の顔が思い浮かんだ。方法は違えども、みんな、我が子の幸せを願っていた。

大地は深呼吸をし、それから、わざと足音を立てて、たまきと父に近づいた。

「大地さま」

「なんだ、来たのか」

二人が大地に気がつき、話しかけてきた。立ち聞きしていたとは思っていないようだ。たまきも父も、鋭いほうではない。

「これ、買って来たから」

聞いてしまった話には触れず、紙袋ごと焼き芋を渡した。大地以上に、父はそれをよく知っていた。

「平本屋の壺《つぼ》焼きか」

遠い目をしたのは、やっぱり母のことを思い出したからだろう。少しだけ目が潤んだように見えた。それを誤魔化すように、父は続けた。

「サツマイモは、こっちにもあるんだがな」

そして、重箱の蓋《ふた》を開けた。黒と黄色の団子状の菓子が入っていた。

「これは何でございましょう？」

そう聞いたのは、たまきだ。興味津々という顔で、重箱をのぞき込んでいる。そのたまきに教える口調で、父が答えた。

「塩あんことサツマイモのぼた餅《もち》だ」

もち米とうるち米を混ぜて炊いた飯を軽くついて丸め、餡《あん》やきな粉、ごまなどをまぶしたものを「ぼた餅」と呼ぶ。その歴史は、大地が想像する以上に古かった。

「鎌倉《かまくら》時代には、すでに似たような食べ物がございました」

たまきが注釈を加えた。『宇治拾遺物語』の「いざ、かいもちひせむ」の掻餅《かいもち》が、ぼた餅を指していたという説があると言うのだ。

「へえ、よく知っているねえ」

大地が感心すると、たまきが鼻をふくらませた。

「あい。何でも知っておりまする」

大地は突っ込まず、父も聞いていなかった。

「食べ物だらけになったなあ。おれは大地の買って来た焼き芋を食べるとするか」

「じゃあ、父さんが作ったぼた餅をもらおうかな」

大地が応じると、たまきが宣言した。

「わたくしは、両方食べまする！　ぼた餅さまも焼き芋さまも平等でございます！」

そして、ぼた餅に手を伸ばした。最初に、塩あんこのぼた餅を食べると決めたらしく、豪快に口に放り込んだ。もぐもぐと堪能《たんのう》するように食べ、再び叫んだ。

「美味《おい》しいの嵐でございます！　塩気がたまりませぬ！　塩あんこは正義でございまする！」

調子が出てきたと言わんばかりに、塩あんこのぼた餅を右手と左手に一つずつ摑《つか》んだ。このままでは、たまきに全部食べられてしまう。

「一つもらうよ」

大地は慌てて言った。空腹ではないが、父の作ったぼた餅の味を見たかった。

「本当に一つでございますね」

たまきが釘《くぎ》を刺すように言ったが、大地はスルーした。

「いただきます」

塩あんこのぼた餅を手に取り、口に入れた。父の作ったぼた餅は小振りで、一口か二口で食べ終えるサイズだ。すぐに食べ終わった。

「……これは旨《うま》いな」

塩加減が絶妙だった。適量の塩を加えることで、あんこと米の甘さが際立つのだ。甘すぎず、しょっぱすぎず、ちゃんと小豆《あずき》の味がする。

感心する大地の傍らで、たまきが新しいぼた餅に手を伸ばした。

「次は黄色のぼた餅さまでございます」

サツマイモのぼた餅を口に放り込み、うっとりとした顔で咀嚼《そしゃく》し、そして言った。

「大正義でございます！　まさに星三つでございます！」

満足しているというのは分かるが、どんな味なのか分からないコメントだ。まあ、たまきに聞くよりも自分で食べたほうが早いだろう。

大地は、サツマイモのぼた餅を手に取り、口に運んだ。

「ふぅ……」

ため息に似た声が出た。ほっとする味だった。蒸《ふ》かしたサツマイモに砂糖と塩を加えて潰《つぶ》しただけなのに、驚くほどの美味しさだ。

「塩梅《あんばい》が絶妙でございまする」

たまきの言う通りだ。料理の味を決めるのは塩加減だが、父の味付けは絶妙だった。大地では同じように作れないだろう。

近藤は素晴らしい料理人だが、父だって負けていない。大地は、父のような料理を作りたかった。


母さん、おれ、がんばるから。

父さんみたいな料理人になるから。


目の前の墓石に誓った。信樂食堂に骨を埋《うず》めると、改めて決心したのだった。その傍らで、たまきが焼き芋を食べ始めた。

「しんぷるに美味しゅうございます。昔、長屋で食べたお芋を思い出しました。九里より旨い十三里でございまする」

江戸時代に流行《はや》った焼き芋屋の看板には、「十三里」と書かれていたという。

九里とは栗のことで、それよりも旨いという意味だ。ちなみに、サツマイモの産地である川越が、江戸から十三里離れていたから、焼き芋を「十三里」と呼んだという説もあるそうだ。

本当に、たまきは昔のことをよく知っている。まるで江戸時代から生きているようだ。改めて感心していると、そのたまきが真面目な顔で聞いてきた。

「大地さま、お芋を食べると、おならが出るのはどうしてでございましょう？」

ずっこけそうになった。だが、もっともな疑問でもある。幸いなことに、大地はその理由を知っていた。

「それはね――」

腸のぜん動運動によるものだ。サツマイモを食べると腸内環境が改善され、ぜん動運動が活発になる。ちなみに、サツマイモは善玉菌によるものなので、おならをしても、あまりくさくないと言われている。

そう説明すると、今度は、たまきが感心した。

「それで、くさくないのでございますねっ！」

よろこんでいる。音のないおならをしたのかもしれない。

「悩みがなくなりました。大地さまのおかげでございます。今度から、『おなら王子』と呼ばせてくださいませ」

「……それ、悪口だから」

少なくとも、お礼につける渾名《あだな》ではない。指摘するまでもないくらい自明のことなのに、たまきは眉間《みけん》にしわを寄せた。

「大地さまのおっしゃることは、難しゅうございます」

父が吹き出した。大地も笑った。たまきだけが不思議そうな顔をしている。時間がゆっくりと流れていった。

小江戸
たぬき食堂
特製

まんぷく
トマトスープライス

材料（2人分）

鶏ひき肉……………………200グラム
玉ねぎ……………………1個
にんじん……………………1本
キノコ類……………………好みで
塩……………………適量
トマトジュース……………………150cc
水……………………適量
みそ……………………適量
ごま油（バターでも可）……適量
たまごの黄身の醤油みりん漬け
ごはん……………………お茶碗1杯分

作り方

1. 玉ねぎ、にんじんを一口サイズに切り、ごま油を熱したフライパンで炒めます。ある程度、火が通ったら、キノコ類、鶏ひき肉、塩を加えて、さらに炒めます。

2. 1を鍋に移し、少なめの水で煮ます。濃厚なトマトの風味を楽しみたい場合は、水の代わりにトマトジュースで調理してください。

3. にんじんが柔らかくなったら、トマトジュースを加えてください。トマトピュレを使っても美味しくできます。

4. 食べる直前にみそを加えて完成です。みそは好みのものでいいですが、信樂食堂では、八丁みそと白みそを加えています。

5. ごはんを皿に盛り、カレーライスのようにトマトスープをかけましょう。

6. 最後に、たまごの黄身の醤油みりん漬けを載せます。トマトスープのかかっていないごはんの上に載せると、味の変化を楽しむことができます。

お料理メモ

自宅にある野菜を使って、いろいろ試してみよう。もちろんフレッシュトマトを入れても美味しくできるよ。

本書は書き下ろしです。
この作品はフィクションです。実在の人物、団体等とは一切関係ありません。

作《つく》ってあげたい小江戸《こえど》ごはん2

まんぷくトマトスープと親子《おやこ》の朝《あさ》ごはん

高橋由太《たかはしゆた》

令和2年 5月25日　初版発行
令和6年 12月5日　再版発行

発行者●山下直久

発行●株式会社KADOKAWA
〒102-8177　東京都千代田区富士見2-13-3
電話　0570-002-301（ナビダイヤル）

角川文庫 22181

印刷所●株式会社KADOKAWA
製本所●株式会社KADOKAWA

表紙画●和田三造

ISBN 978-4-04-109427-3　C0193

角川文庫発刊に際して

角川源義

第二次世界大戦の敗北は、軍事力の敗北であった以上に、私たちの若い文化力の敗退であった。私たちの文化が戦争に対して如何に無力であり、単なるあだ花に過ぎなかったかを、私たちは身を以て体験し痛感した。西洋近代文化の摂取にとって、明治以後八十年の歳月は決して短かすぎたとは言えない。にもかかわらず、近代文化の伝統を確立し、自由な批判と柔軟な良識に富む文化層として自らを形成することに私たちは失敗して来た。そしてこれは、各層への文化の普及滲透を任務とする出版人の責任でもあった。

一九四五年以来、私たちは再び振出しに戻り、第一歩から踏み出すことを余儀なくされた。これは大きな不幸ではあるが、反面、これまでの混沌・未熟・歪曲の中にあった我が国の文化に秩序と確たる基礎を齎らすためには絶好の機会でもある。角川書店は、このような祖国の文化的危機にあたり、微力をも顧みず再建の礎石たるべき抱負と決意とをもって出発したが、ここに創立以来の念願を果すべく角川文庫を発刊する。これまで刊行されたあらゆる全集叢書文庫類の長所と短所とを検討し、古今東西の不朽の典籍を、良心的編集のもとに、廉価に、そして書架にふさわしい美本として、多くのひとびとに提供しようとする。しかし私たちは徒らに百科全書的な知識のジレッタントを作ることを目的とせず、あくまで祖国の文化に秩序と再建への道を示し、この文庫を角川書店の栄ある事業として、今後永久に継続発展せしめ、学芸と教養との殿堂として大成せんことを期したい。多くの読書子の愛情ある忠言と支持とによって、この希望と抱負とを完遂せしめられんことを願う。

一九四九年五月三日

ISBN 978-4-04-105578-6

ISBN 978-4-04-108827-2